吾妹は猫である

イササナナ

illustration◎ミヤスリサ

美少女文庫
FRANCE SHOIN

不安な仔猫とおっきなお兄ちゃん

不安な仔猫とおっきなお兄ちゃん

吾妹は猫である。名前はまだない——というのは冗談で、妹たちは猫でもないし、名前だってちゃんとある。

ただ、子猫のように可愛らしい三姉妹であることは確かだ。

妹たちとの出会いは、僕らがまだ幼い頃に遡る。

三人寄り集まって泣いていた子猫たち。

「お姉ちゃん、お父さんと、お母さん、いなくなっちゃったの？」

「……うん」

「これからどうなるの」

「……わかんないよお」

「……一緒に住めばいいよ」

その日のことは、今でもよく覚えている。

だって僕たちはそれ以来、みんな一緒の生活を始めたのだから。

これは、僕と、子猫みたいな妹たちとの日々を綴った物語である。

第一話 御華がメロメロにしちゃうにャん！

1 兄妹の事情

塩原清《しおはらきよし》は早朝、ベッドから起き上がると、部屋に入りこむ光に誘われるまま窓を開けた。

爽やかな風が通り抜け、新鮮な空気が室内に満ちていく。

今年度から東京都で英語の教員として働くことになった彼は、現在三人の妹たちと同居生活を送っている。

新年度の始業日は今日だ。普段は時間ぎりぎりまでベッドの中にいたがりな清だが、今日という日は惰眠を貪るような真似をすることもなく、昨夜目覚ましにセットした時刻より早く起床を果たしていた。

「……うん」

洗顔を済ませ、鏡の前に立つ。

おろしたてのワイシャツの襟を整え、お気に入りのネクタイを通し、気合い十分。

「……よし！」

軽快な足取りでリビングに入っていった。

（……いい匂い）

リビングにはすでに食欲をそそる匂いが漂っている。

今日の朝食は見たところ、ご飯に焼き鮭、野菜の味噌汁、それから卵焼きという献立らしい。

「あっ、おはよう、お兄ちゃん」

茶色いウエーブヘアを背中に泳がせた少女が振り返る。

塩原家の料理一切を取り仕切る長女音子《ねこ》が、笑顔で迎えてくれた。

「ああ、おはよう……って、うわっ！」

「お兄様……好き、好きです……大好きですわ」

「あっ……お、おはよう、御華《みけ》」

「はい、おはようございますお兄様……いい匂い」

朝からこうして行きすぎたスキンシップを図るのは末の妹である御華だ。

今年高校生になったばかりの彼女も、実は今日が授業初日である。

その表情に緊張の色はというと——まるでない。

「愛しています」

じゃれ合いのつもりのようでいて、御華はなかなか清の身体から離れようとしない。

別段珍しいわけでもなく、塩原家では実に見慣れた光景である。

「御華ちゃん、ほら、お兄ちゃん困ってるよ」

「はっ！　申し訳ありません、お兄様」

結局音子にそう言われるまで、御華は清の身体に身を預けていたのだった。

「……う、うん、まあ、いいよ……」

御華が抱きついてくるのは毎日のことだし、それに憤りを覚える理由はない。

（でも、なあ……）

特に清を当惑させることがあるとすれば、成長期のただ中にいる妹の、充分すぎるくらいに膨らんだ柔胸が押し当てられることだろうか。

御華は高校生とは到底信じられない発育の進んだ身体をしている。

弾力のある胸の感触に耐えるのは、一人の男として、少し苦しい。

そんな気苦労を知ってか知らずか、御華は最近やたらと胸を押しつけてくるようになっていたのだった。

「そういえばお兄様、ハンカチはお持ちでしょうか？」

「……あっ、忘れてた……」

「はい、どうぞ」

「ありがとう……って、これ、違うんじゃ……」

「あらっ？　わたくしとしたことがパンティとハンカチを間違えてしまいましたわ」

返す言葉がない代わりに、清は受け取ったショーツを黙って渡す。

「……お兄様、実はそのパンティ、脱ぎたてホヤホヤですわ」

「……へ、へえ……」

「うふっ、大丈夫ですわ、今はちゃんと穿いています……あら？　お兄様もしかして、ご覧になりたいのでしょうか？　わたくしのスカートの中を？」

御華はそう言いながら嬉々としてスカートの裾を摘まみ、ショーツが見えてしまうかもしれないぎりぎりの高さまで上げ、清を誘ってみせる。

「い、いやっ、そ、そういうわけじゃ、ないよっ！」

「あんっ！　お兄様の視線が熱くて、わたくし、発情してしまいそうですわ」

「頼むからしないでね」

「仰ってくださればお見せしますのに、せっかくですので中まで……いかがですか？」

「遠慮しておくよ」

「匂いも、嗅ぎたくありませんこと？」

「……そんなことは、ないよ……」

「お兄様になら、なにをされても構いませんわ……たとえ性奴隷でも。むしろ性奴隷は大歓迎ですわ……危ないお兄様っ！」

「……ど、どうした？」

御華が突然大声を上げ、顔を近づけてきた。

「動かないでくださいまし……」

「えっ!?　ど、どうしたんだ!?」

「とにかく動いてはいけませんわ！」

「うっ、うん……」

険しい表情で迫り寄る御華に静止を求められ、おとなしくするしかない。

「……へっ？　うあっ！」

「ン、あっ、ちゅ……む、ぷ、ふ……」

するとなんの前触れもなく、御華の舌が頬を撫でていった。

「み、御華!?　なにしてるのっ!?」

思わず顔を離してしまう清を、御華はどこか名残惜《なごり》しそうに見つめ、舌を舐めずる。

「……うふ、たまにはいいではありませんか？」

「いや、一度としてあってはならないと思うけど……」

「わたくしが正直にお兄様をお舐めしたいと申しましたら、お許しくださいますか?」

「うん、無理だよ」

「わたくしが猫だったら、お兄様の身体を舐め放題させていただけるのでしょうか?」

「変なこと考えるのは止めてね」

「変なことだなんて、とんでもないですわお兄様……死活問題です。あっ、でもわたくしが猫でしたら、お兄様と交尾することができませんわね……あんなに大きかったら、とても入りきりませんし……それは困りますわ、非常に」

なぜ清の男性器の大きさを御華が知っているのか、などと考えてはいけない。

「ああ、それは愛の力ですわ」

「読まれた!?」

「まっ、まあっ、いいからいいから、とにかく二人とも座って座って……」

「残念ですわ……ですが、お兄様……わたくしは諦めませんからね」

屈託のない笑みを浮かべる御華。そこに悪意は見当たらない。

「……そっ、そろそろ時間だね」

壁に掛け置いた時計に目を移した音子が、エプロンを外しながらそう呟く。

塩原家では、毎朝七時に揃って朝食をいただくというルールが設けられているのだ。

家族みんなが一日の始まりに顔を合わせることで、そのありがたみを忘れないようにするためである。

発案したのは長女の音子であるが、これは三姉妹の生い立ちと深く関係がある。

「御華ちゃん、若央《にゃお》ちゃん起こしてきて」

「……お姉ちゃん、もう起きてるよ」

眠たそうな表情を浮かべつつリビングへと現われたのが、三姉妹の次女、若央だ。

「若央、おはよう」

清がそう声を掛けると、

「……おはよ」

ちらっと横目でこちらを窺った後、すぐにプイと逸らされてしまった。

「なに……？　用がないならこっち見ないでよね、鬱陶しい……フンっ！」

「あ……ご、ごめん……」

（……あちゃあ）

若央は今年高校二年生——今はなかなか難しいお年頃である。

「若央ちゃん、そんな言い方しちゃダメだよ」

「……はーい」

つまらなそうに髪を払い上げた若央が席について、三姉妹の姿が揃った。

「猫ちゃんたちも……あっ、きたきた……おはよう」

「にゃあ」

「ニャ」

「にゃーん」

続いてリビングを訪れたのは、この家に住む家族の一員でもある三匹の猫たち。

三匹ともメス猫で、三姉妹が一匹ずつ世話をしている。猫たちの名前はそれぞれ姉妹が自らの名をつけていて——すなわち「ネコ」「ニャオ」「ミケ」の三匹である。

体毛は「ネコ」が黒で「ニャオ」は茶色。そして「ミケ」は、名は体を表す、三毛猫である。

「ネコちゃん、よく眠れた?」

「ニャオ、おいで……よしよし」

「うふっ……ミケったら、お兄様ばかり見つめているわ」

猫には人間と同じように性格というものがある——少なくとも清はそう信じている。

「わっ、あ、こっ、こらっ、ミケ！　止めなさい！」

三女御華の飼う愛猫ミケは清によくなついているし、昼寝好きの清のもとにやってきては一緒にごろごろするのが大好きな猫だ。ただし、興奮したり怒ったりしたときには清も爪で引っかかれることがままある。今も清の身体に飛びかかって、せっかくの一張羅《いっちょうら》を皺だらけにしていった。

長女の飼うネコはとても頭がよく、行儀がよい。落ち着いた猫で、三匹のリーダー的存在である。いつもともに行動する猫たちの先頭を行くのがこのネコであった。

そして若央が世話をしている猫のニャオはというと、最近清になついてくれなくなってしまった。それはちょうど、若央が清に冷たい態度を取り始めた時期と重なる。名前を呼んでもすぐに無視されてしまうし、餌を用意し忘れたら部屋へとやってきて身体にのしかかり、さんざん喚き散らしては清の安眠を妨げていくワガママな子だ。

塩原家の猫たちはこんな風に、各々主人の性格や言動をまるで丁寧に磨かれた鏡のように鮮やかに映し出していたのである。

（音子たちに、猫が似たのか、それとも猫に音子たちが似たのかわからないな……）

猫は飼い主に似るとよく言われるが、最近、もしかしたらその逆ではないかと思い始めた清であった。


清と三人の妹たちは、血が繋がっていない。

音子、若央、御華の三人は実の姉妹であるが、彼女たちは幼い頃、交通事故で両親を亡くしている。親戚のいなかった三姉妹を引き取ったのは、一家と親しい付き合いを持っていた塩原家である。

清の父塩原尚文《なおふみ》と、三姉妹の実の父である中根恵一《なかねけいいち》は親友だった。

大学の同期である二人は、四半世紀にわたって酒を酌み交わした間柄である。

尚文が突然親友とその妻の死を知らされたのは、互いの子供たちがまだ幼い頃。

親友夫妻夭逝《ようせい》の報にショックを隠しきれなかった尚文であったが、恵一の娘たちがいる手前、涙を流すことはなかった。

尚文は一人葬式の手はずを整え、面倒な遺産の相続手続きを終えた後、まだ幼い姉妹に対し、ともに暮らすことを提案する。

児童相談所で必要な手続きを一通り済ませ、三姉妹を家族に迎え入れた。


塩原家の新しい家族となって早十年以上が経過している三人の妹たち。

では、美人三姉妹と名高い彼女たちを順に紹介しよう。

一歳ずつ年齢の異なる三姉妹の長女は音子だ。

茶色く染まった髪の毛先が、鎖骨付近で美麗な弧を描いている。

わずかに膨らみを持つ顔の輪郭は、優しい音子の性格を示していると言えよう。

今年受験生の彼女は、入学以来二年間学年一位の座を維持し続けている秀才だ。

国内最大手の予備校が主催する某国立大学模試において、史上初、高校一年生で全国一位を獲得した経験を持つ。

だからといって音子はそれを鼻にかけるような真似はしない。おっとりした性格の長女はそんなことに価値を見出さないのである。音子は努力家で、毎日の予復習を欠かさない。それらが済むまでは決して眠らないという頑固者の一面もあるのだ。

一方次女の若央は音子とは対照的に、陸上の世界でその名を馳せるスプリンターだ。すっきりした顔立ちの若央は、鮮やかな色の髪を靡《なび》かせ、細身の身体でトラックを疾走する。

中学一年生の頃から陸上を始め、専門は短距離。

昔から身体を動かすこと、外で遊ぶことが好きだった彼女は、高校でも引き続き陸上部に所属し、中学時代と変わらず短距離種目で活躍している。

先日行われた東京都陸上競技大会女子百メートル走で見事一位を獲得し、早くも将来を期待される注目株である。

ただし、勉強が大の苦手であった。

そして最後は兄を溺愛する末の妹、御華。

抜群の容姿を備え、艶光る黒髪を腰の位置にまで届かせている少女は、その目立ちすぎる外見に反して、人づき合いがなによりも苦手である。極度の人見知りを自認しているが、兄と出会い彼に恋してからは、幾分かは改善された——少なくとも本人はそう自覚している。

音子ほどではないが御華も勉強が得意で、中学時代はコンスタントに好成績を収めていた。といっても毎日こつこつ継続する姉のような努力型ではなく、少ない時間で最大の効果を発揮する独自の勉強方法を確立している、天才肌なのだ。

現在この家には清と三人の妹たちしか住んでいない。それは様々な事情が重なったことによるのだが——そもそもの発端はというと、清が今年から東京都に教員として採用されたことによる。

清は昨年度、東京の国立大学を卒業した。英文科に在籍し、在学中にイギリスへの留学も経験。英語教員の道を志していた清は、卒業と同時に教員免許を取得した。

在学中の夏休みに行われた採用試験に無事合格を決めていた清は、これを機に一人暮らしをしようと決意していた。心身ともに発育途上にある姉妹三人と同居していては、この先いろいろと具合が悪いであろうという判断であった。

年明けに、その旨を両親に打ち明けたところ、

「そんなの、絶対に許しません！」

と猛反発を受けてしまった——三女御華にである。こっそり話を聞いていたらしい。

「お兄様がイギリスへ行ってしまわれたとき、わたくしは身が削られる思いで毎日を過ごしておりました。お兄様はわたくしに今一度、あの艱難辛苦《かんなんしんく》に耐えろと仰るので

すか！」

と泣き出されてしまった。後から気がついたのだが、嘘泣きだったようだ。

両親も「一人でご飯作れるの？　毎日起きられるの？」などとやけに不安な様子。

そんなとき、そのまま話の行く末を見守る格好となった御華が、

「でしたら、わたくしたちがお兄様と一緒に住むというのはどうでしょうか？」

と存外真面目に言ったものだから、両親も本気にして、

「それはいいアイデアだわ！　さすがね、御華ちゃん！」

と、このように清が口を挟む暇もなくとんとん拍子で話を進められてしまった。

（それじゃあ、これまでと変わらないじゃないか……）

妹たちと離れて暮らすことにこそ主眼を置いていたはずなのに、これでは本末転倒となってしまったのだが、両親の賛同を得た御華に結局は言いくるめられてしまった。

兄を溺愛する御華と、同じくお兄ちゃん子の長女音子は賛成派。だが次女で現在絶賛反抗期中（ただし兄に対してだけ）の若央は言うまでもなく大反対であった。

それを御華がなんとか説得して、今のような状況ができ上がったのである。

つまり住む家は依然と変わらないままなわけだ。

ところで両親はというと、清の自立を機に世界一周旅行へと出立してしまっている。

尚文は長年務め上げた勤務先の重役職を後輩へと譲り、今は年金をもらいつつ、

悠々自適の生活を送っていた。

もはや豪華客船上の旅人となった尚文たちが、世界一周の話を子供たちに告げたのはつい先月のことだ。そんな中いち早く二人が海外旅行を計画しているとの情報をキャッチしていた御華は、若央を説得する際「もしお姉様がわがままをお通しになれば、お父様とお母様にご迷惑がかかりますよ」と言ってたしなめたのだとか。

三姉妹は身寄りのない自分たちを引き取るばかりか、ここまで大切に育ててくれた清の両親を本当の父と母だと認識し、敬い、慕っている。

だから二人の名を出されては、若央に断れるわけがなかった。


そんな三姉妹と清の一日はいよいよ幕を開ける。

身支度を整え終えた四人は、揃って自宅を後にするのだった。

2 猫は事情通

清と三人の妹たちが学校へと向かった後——塩原家の庭先にて。

「おはようにゃ」

三姉妹の飼うメス猫たちが、身体を丸め、日なたでくつろいでいる最中であった。

四月初旬の陽光を浴びながらする毛づくろいは、さぞ心地いいことだろう。

「うニャ」

「にャーお」

塩原家の二階の窓のうちの一つ、換気用に設置された小さな、ちょうど猫が通れるくらいの大きさのそれは常時開け放たれたままだ。木登りを得意とする猫たちが、自由に家の内外《ないがい》へ出入りできるようにするためである。基本的に家の主人である清たちが学校へと向かった後は、外に出て街の中を散策したり、近所の家に忍びこんだり、あるいは野良猫たちと旧交を暖めにいくのが彼女たちの日課となっていたのだった。

「ところで、まだ進展がなさそうにャ……」

だが最近、こうして庭の真ん中に陣取っては侃侃諤諤《かんかんがくがく》と意見を交わし合うことが三匹のトレンドになっていた。

その話題はもっぱらこれに尽きるのである。

「ご主人も、頑張っているだけにかわいそうにャ」

「ご主人のご主人は、ちょっと鈍すぎじゃニャいか？」

「女心はなんとやら……普通気づいていいはずだにゃ」

すなわち、彼女たちの主人である三姉妹のコイバナである。

「ほんとにャ、あれじゃいくらにャんでもあんまりだにャ！」

人間をよく観察している三匹の猫たちは、自身の主人が恋い慕う相手など、とうの昔に見抜いている——無論その相手と一緒に住んでもいるのだからよく見ていればわかりそうなものだが。

「ほんと鈍いヤツニャ……だいたい、ご主人はあんニャヤツのどこがいいニャ……確かに優しいところは、ほんの少しくらいあるかもしれニャいが……」

猫たちは賢い。人間の言葉がわかるのだ。

主人たちはよく愛猫を膝の上に乗せ胸の内をさらけ出すことがあるのだが、そんなことがあった翌日には必ず「昨日こんなこと言っていたにゃ」といって話の種にしているのだった。

「あれだけ鈍感にゃら、強引すぎるくらいでちょうどいいにャ……」

猫たちはこうやって常に、主人の恋愛態度を分析している。

「そうかにゃ?」

猫たちがここへやってきたのは、三姉妹が塩原家の一員になってすぐの頃だ。

姉妹がまだ幼かった頃、家の近くで捨てられていたところを拾ってきたのである。

なんでも雨に打たれながら段ボール箱の中でぐったりしていたらしく、自分たちを見ているようで放っておけなかったのだとか。

「人間は縁と月日は末を待てって言うにゃ……まだ大丈夫じゃにゃいか?」

この家に住むようになって十年以上経過しているから、子猫だった彼女たちも年を重ね、人間で言えばすっかり大人と言えよう――猫たちは揃って老成している。

思春期など、とうの昔に通り過ぎてきていたのだ。

「にャに言ってるにャ！　まだヤッてすらいにャいじゃにャいか！」

だからその過程で、種は違えどそれなりに恋愛の経験は積んでいるし、恋愛のイロハを熟知してもいる。

「今すぐにャ！　女は――いいかよく聞けにャ――セックスで磨かれるんだにャ！」

そんな猫たちがだからといって自分たちの主人に恋愛の指南をできるわけもない。

けれどただ見ているだけではもどかしさが募るばかりなので、そのストレスをこうして発散しているというわけだ。

「だめにゃ……毬栗《いがぐり》も内から割れるにゃ！　もう少し待った方がいいにゃ！」

「……にゃんだにゃんだ？」

しばらく話をしていれば、よそから続々と野良猫たちが集まってくる。

「またいつものかにゃ？」

「おもしろそうにゃ」

淫猥な言葉の飛び交う塩原家の庭先は、瞬く間に猫たちの社交場と化していた。

どこの世界でも色恋の話に惹きつけられてしまうものらしい。

「そもそもご主人のご主人は……」

「あーだニャこーだニャ」

結局最後は清に対する不平不満を打ち明ける形に終始する。

まさか猫たちが人間の恋愛について議論を戦わせていようとは清たちの知る由もないので、三匹は毎日自由気ままなおしゃべりに花を咲かせるのだった。


新たに社会人となった清の勤務先は、東京都のはずれに位置する女子校、秋目《あきめ》女子学園である。創立百二十年を越えるこの高校は、全国にも数えるほどしかない公立の女子校で、文武両道を旗印に掲げ、およそ六百人の生徒たちが日々研鑽を積んでいる。

そんな由緒正しい女子校に末の妹御華が今年入学を果たし、さらに姉二人もこの名門女子校の二年三年に属している。加えて、今年度から都の教員として正式に採用されることとなった清の配属された先が、同じく秋目女子学園であったのだ。

教員採用試験の合格発表は十月の下旬。その後都内に無数存在する高校からランダムに勤務先が指定される仕組みになっているが、どの高校になるかは直前までわからない。まさか秋目女子学園になるとは――清だけでなく、塩原家の家族全員思ってもみなかったのである。

三女御華曰《いわ》く「運命がわたくしたちを引き合わせた」らしい。

そんな新人教師の清は今、職員室に置かれた自身の机に座り、膨大な数に及ぶ書類整理に追われていた。

「これを、こうして……あ、違う、こう、か？」

清がここへ勤務するのは今日が初日ではもちろんない。さまざまな準備（という名の雑用）をこなすべく数日前からこの職場に勤務している。方々に挨拶も済ませ、今では他の教員と同様の扱いを受けていると言っていい。

とはいえ、まだまだベテラン教師のように上手く仕事を捌けるわけではないのだが。

「どうしたの？」

頭を抱えながら書類と向き合っていた清を見かね、声を掛けてくれたのは中年の女性教師である。清は一年一組の副担任であり、彼女はそのクラスの担任である。清が新任ということで、様々なアドバイスをくれる気さくな女性であった。

「あっ、その……これを、どうすればいいかわからなくて……」

「……貸してみて」

この女子校には男性教諭は清を除けば二人しかいない。

そのうちの一人である校長嵐山《あらしやま》先生は現在イギリスへ教育視察の任に当たっているため、結局清を除けばあと一人だけしかここに男性はいない。その一人というのが大変憎たらしい人物で、青いシャツばかり着ているので、清は青シャツと呼ぶことにしている。名前は覚えていないし覚えるつもりもない。彼に会ってまだ日が浅いが、清は顔も見たくないくらい青シャツのことが嫌いである。副校長のポストに居座る青シャツは、校長がいないのをいいことに幅を利かせる鼻持ちならない人間であったのだ。

「ここを、こっちにして……」

一方青シャツとは正反対の誠実な男と、女性教諭たちの間で密かに話題をさらっていたのが清であった――が、本人はそんなことにまったく気がついていないのである。

「それから、これは……」

清は元来真面目な性格である。中途半端なことが好きではなく、どんな仕事にも誠意をもって取り組む。

その姿勢を、この女性教諭は買ってくれているようだ。

彼女だけではない――この高校に勤務する教師たちはみな名門の看板を背負っている。そんな学園にいる面倒見のいい女性というのは、真面目な（特に異性の）同僚に対して、いろいろと世話を焼きたがるものである。

というわけで、徐々に清の周りに女性教師たちが集まり始め、今その数は十名を越すほどになっていたのだった。

3　三女のターン！

（由々しき事態だわ……）

新しい環境に馴れる必要があるという点では、三女御華の場合も同様である。

学校が始まってまだ数日しか経っていないこの時期、周囲ではアドレスの交換を手始めに手当たり次第友達の数を増やしていこうと努める女の子たちで溢れ返っている。

けれども御華の関心は最初からそんなことには向いていない。

同級生と仲良くなることより、清との距離をいかにして縮めるか——兄を恋慕う妹にとって、どちらに対し可及的速やかに取り組むべきかは明白である。

浮いているというわけではない。クラスには中学からの同級生もいるし、新たに話をする友人もできた。だが、彼女たちと他愛のない話に打ち興じる暇など、少なくとも今の御華には残されていないのである。

（うう……同じ建物にいらっしゃるのに、お兄様に会いにいけないだなんて……っ！）

三女御華は言わずと知れたお兄ちゃん大好きっ子で、兄一筋の妹である。

兄以外の男性はすべて「テトラポットに見える」と公言していて、つまりは邪魔であるというわけだ。

（お兄様はわたくしの想いにいつ気づいてくださるのでしょうか？）

自分ではかなりアピールしているつもりなのだが、朴念仁《ぼくねんじん》の兄はまるで相手にしてくれない。「好き」と伝えても、ふざけているだけと思われてしまい、真剣に受け止めてくれたことは一度もないのである。

(ああ、近くて遠いお兄様、わたくしはただ見つめることしかできないっ)

姉妹の中で兄とはもっとも年齢が離れていて、外見が幼く見えるから――兄が振り向いてくれない理由は、決してそうではないと断言できる。

お嬢様然とした彼女――その容姿は万人の中にあってなお異彩を放つ魔力に満ち満ちている。

高校一年生でありながらバストは優に九十を越え、生まれつき背の高い彼女から、清流のごとく流れ落ちる鮮やかな黒髪。やや吊り上がり気味なところが聡明さを際立たせる線のはっきりした両の目、高い鼻梁を有し、加えて大きすぎず、かといって小さすぎることもない唇は淡い艶を放っている。顔を見つめているだけで吸いこまれてしまうと噂されることもあれば、一部では「神の奇跡」という尊称で呼び讃えられることもあるほど、非の打ちどころのない完璧な容姿の持ち主である。

(ああ、お兄様の全身を舐めて差し上げたい……っ!)

そんな彼女の欠点を上げるとすれば、やはり究極のブラコンであるという点であろうか。

（お兄様のことを考えるだけで濡れてしまいそう……あンっ！）

御華は今まで一度として告白なるものを受け取ったことがないのだが、それはおそらく這般の事情によるだろうとは誰もが納得するところである。

御華がこの学園を受験した理由は、敬愛する二人の姉がいるからである。

合格通知を受け取り、姉二人と同じ学園に通うことができると知ったときは素直に嬉しかった。

だが、さらなる驚きと喜びをもたらす驚天動地の大事件は、御華の合格発表からすぐ後に起こった。

（まさかお兄様が秋女に来るなんて……）

世界一愛する兄の勤務先が、自分たち姉妹の通う女子学園に決まったというのだ。

欣喜雀躍《きんきじやくやく》する妹はしかし、すぐに不安を抱くことになる。

（……女の人に囲まれて、お兄様、大丈夫でしょうか……？）

大丈夫か——とは自分以外の人間が清に対して好意を寄せてしまうのではないかという懸念である。と同時に兄が誰かを好きになってしまう可能性も、なくはないのだ。

大好きな兄が勤務する高校に通えることになったのは嬉しい。ただ女性しかいないはずの場所にいる男性というものは、総じて魅力的に映るものだ。気が気ではなかった。

高校に通い始め、なかなか兄との距離が縮まらないもどかしさは、日を追うごとに焦り、そして苛立ちに変わっていった。

(あの女、お兄様と楽しそうに喋ってる……許せないっ!)

兄に変な女がつきまとわぬよう目を光らせることは、妹の大事な役目である。

学校の中であろうが外であろうが、その役目は変わらない。

(……あの人、今日三回目……どれだけお兄様のお仕事を邪魔すれば気が済むの!?)

妹レーダーは清のもとを訪れる女子生徒及び女性教師の名前、所属、それからその頻度までをも正確に把握している。

それは休み時間のたびに気づかれないよう清の姿を視界に収めているからだ。

今現在も、清のもとへ通う女生徒の列はひっきりなしに続いている。

(現代文の正岡《まさおか》先生もお兄様を狙っているフシがあるし、数学の高浜《たかはま》先生も気があるみたい……もう、お兄様ったらっ!)

女子校という特殊な環境において、清をどこの馬の骨ともわからぬ輩に奪われてしまわないか、御華は危機感を募らせていく。悪い虫がつかぬよう、兄妹特権を振りかざしてなるべく一緒の時間を過ごしたいところではあるのだが、教師という職業は思っているより忙しいらしく、かつ新任の兄は仕事の勝手がつかめず苦労している様子。

特に用がないのに会いにいくなどして、学内で迷惑を掛けるわけにはいかない。

それこそ自分が毛嫌いしている悪い虫になってしまう。

(早急に対策が必要だわ……)

心中そう呟いた御華の瞳に、清が女子生徒数人と談笑する姿が映っていた。


——ある日の放課後。

部活動に所属していない御華が校舎を出ようと歩いていると、女子生徒に腕を引かれる清の姿を目撃してしまった。

(お兄様と……あれは、三年生の……？)

兄の腕を引く生徒には見覚えがあった。

散々清のもとへ英語の質問をしにいっていた金田《かねだ》という生徒である。

傍から見れば金田が清に好意を寄せているのは明らかだったが、あまり目立つタイプではなく、行動を起こすのはずっと先のことであろうと油断していたのである。

(アイツ……お兄様に汚らしい胸を押しつけて、アピールしているつもりなの!?)

この時点でむっとするどころか切り刻んでやりたいくらいの怒りがふつふつと沸き上がってきた御華であるが、ここはそのまま泳がせ、黙って後をつけることにした。

(……どこに行くつもりですの？)

気づかれぬようそっと二人の後ろ姿を追いかけていくと、そこは生徒があまり立ち入らない空き教室群の一角で、清は金田に腕を引かれるまま中へと入っていった。

御華は教室へ入るわけにもいかず、仕方なくドアの隙間から中の様子を窺うことに。

(いったいなにを……なッ!?)

二人の様子を黙って見守っていると、金田が清へラブレターらしきものを渡した。

(あの女……っ!)

金田はそのままなにか言っていたようだが、ドア越しでははっきりと聞きとることはできない。だがおそらく「返事は今度でいい」と言っているように感じた——女の勘がそう告げていた。

(……許さないッ!)

清はそのラブレターを受け取り、胸ポケットへしまいこんだ。

(……由々しき事態だわ)

金田が教室を飛び出す直前にそっとその場を離れ、帰宅の途に着いた御華であった。

「お兄様、少しお時間よろしいですか?」

その日の夜、食事を終えた御華は、同じように食事を済ませ、早々に自室へと退いていた清のもとを訪れていた。

帰宅してからもやはり兄は休む間もなく仕事に取り掛かっているようだ。パソコンのディスプレイが設置された机の脇には、無数の書類が散乱している。

教師という仕事は、単に授業をこなしていればいいという話ではない。その他経理や総務、進路指導の仕事などが重なることで、毎日時間に追われる日々を送らなければならないのである。

清は教科教育に関してさほど手間取ってはいないようだが、やはりそれ以外の、およそここに来るまでに出会う機会のなかった仕事に時間を割かれてしまっているようだ。

（お兄様、大丈夫なのかしら……）

兄は悲しいことに家でも学校でも仕事漬け。まだ教師に成り立てで、コツをつかむまでには時間が必要なのかもしれないが、妹としては兄が仕事に忙殺されるあまり体調を崩してしまわないかどうか心配なところである。

ただ自分の抱く不安の念も、一刻も早く解決へ向け取り組むべき問題である。

そう思ったからこそ、御華はこの部屋に足を運んだのであった。

「いいよ、入って」

いったん手を休めた清は手元から顔を上げ、中へ入るよう促してくる。

「失礼致します」

大好きな兄の匂いで満ちたこの部屋には、必要最低限のものしか置かれていない。机にテーブル、ベッド、それから洋服一式が収納されているクローゼットが据え置かれたのみである。余計なものがなに一つないため、七畳ほどの大きさしかないこの部屋も、実際に入ってみれば広々とした印象を受け取るのだった。

「どうしたの？」

御華は部屋の中央に腰を下ろした。

清は椅子に座ったまま、身体だけを御華の方へ向ける。

「お兄様、その、今日……女子生徒から、告白を受けていらっしゃいませんでしたか？」

回りくどい話など一切せず、直球をぶつける。

「……うん、された」

言い淀むかと思いきや、清の返答はあっさりしたものだった。

（……やっぱり）

清が素直に認めたことに少しばかり驚いたものの、大事なのはその事実ではない。

「それで――」

清がどう応じるつもりなのか――肝心なのはそこである。

妹として、兄を心から愛する者として、気にならないはずがない。

「どうするおつもりですか？」

御華は静かに、清の返答を待つ。

「もちろん断るつもり。教師と生徒は恋愛できないからな」

「……本当に、断るおつもりですか？」

「うん」

「……そうですか」

その言葉を聞いて御華はほっと胸を撫で下ろした。

（……よかった）

兄のことは信じていたが、わずかではあるが告白を受け入れる可能性も考慮に入れていたために、はっきり断ると約束してくれ、一安心の御華であった。

（とりあえずは大丈夫ですわ……でも）

一瞬身体の力がすべて抜けてしまいそうになった御華であったが、今度はその代わりにある決意が胸の内に湧き起こっていた。

（このままでは、いけませんわ……っ！）

なにも対策を講じないままでいては、あのような光景を幾度となく目撃する羽目になるのは言うまでもないし、そのたびごとに嫉妬の炎を燃やしてしまう未来がありありと浮かんでくる。

「えっと……それだけ、かな？　勉強は、いい？」

「ええ、ありがとうございます……大丈夫ですわ」

御華の頭はすでに、次の作戦へ向けシフトしている。

（お兄様は、渡しませんわ！）

兄を誰かに取られるくらいならば、いっそ自分が――御華は覚悟を決めた。

「お休みなさい、お兄様」

「うん、お休み……」

（ふふふ、ふふふ……また来ますわ）

ドアを閉める直前に呟いた御華の一言は、清には聞こえていない。

不敵な笑みを残しつつ、清の部屋を退出する末の妹であった。

4　運命の夜這い

（いよいよですわ……）

その日の深夜――兄が寝静まった頃を見計らい、御華がやってきたのはもちろん清の部屋である。

廊下の電気を消し、光が漏れてしまわないよう念を入れ、御華は猫を思わせる忍び足で近づくと、音を立てぬようそっとドアを開けた。

（ドキドキするわ……）

かすかに差しこむ月明かりが、兄を想う妹の足元へ光を落としてくれている。

その明かりを頼りに、清が眠るベッドへと近づいていった。

（ふふ、ぐっすり寝ていらっしゃるみたい……）

連日馴れない仕事に悪戦苦闘している清は、御華が侵入してきたことなどつゆ知らず、すやすや寝息を立てている。

そんな兄の寝顔に「かわいい」と見惚れつつ、御華は用意しておいた作戦に取り掛かった。

（ふふ、お兄様、失礼致しますわ……）

御華の手には、一メートルほどの細い紐が握られている。

作戦といっても、この紐を使って清の身体を縛り、動けなくするというだけ。

そこから先は——言うまでもない。

（……これでよし）

清の両手を頭の上で縛り、ベッドの柱に括りつけることに成功した。

ここまで終えたところで再び顔を覗いてみるが、やはり清の表情に起きる気配はない。

（お兄様、こんなに疲れるまで頑張っていらして、素敵……でも、ごめんなさいね）

ずっとこの寝顔を見ていたいという思いに駆られるも、そんなことをしていてはことが始まらない。

疲れている兄を起こしてしまうのは申し訳ないと思う。

後ろ髪を引かれつつ清の身体を揺する御華。

どうあっても、寝覚めてもらわなければ困るのだ。

「お兄様、起きてくださいまし……」

部屋の電気を点灯させたところで、清がうっすらと目蓋を開ける。

「ん……ん、なんだ……今、なん、じ……え!?」

枕元に置いてある時計に手を伸ばそうとした清がその身体に不自由さを覚えたことで、はっと目を覚ましたのは自然なことであった。

「……なっ、なんだ、これ……!?」

視線を周囲へと散らして、清は自身を取り巻く状況の異様さに気がついたようだ。

うろたえるその瞳には、妖しく微笑む御華の姿が映るのみである。

「ふふ、お兄様、お目覚めですか？」

「……御華、え、これ、なに……え、なんだ!?」

「はい、夜這いに参りました」

戸惑いを隠せない清の問い掛けに、妹の御華は満面の笑みでそう答えを返す。

およそ御華ほどの美少女にそんなことを言われて喜ばない男など限りなくゼロに等しい数であろうが、あいにくと清は少数派に属してしまっている男性であった。

妹に身体を縛られ「夜這いに来た」などと告げられてしまえば抵抗したくなるのも仕方がないが。

「はっ、え……？」

いくら御華が望もうとも、越えてはならないラインというものがある。

それは清に言わせれば、好き嫌いを度外視した理由から生まれる倫理的な一線だ。

「お兄様に悪い虫がつかないよう、わたくしの匂いをおつけして差し上げますわ」

そんな兄の深慮など知らない御華は、あどけない笑みを絶やさぬまま、清が身につけるシャツのボタンを一つ一つはずし始めた。

「わっ！　御華！　なにするんだっ！」

「うふふ、お兄様、そんなに暴れないでくださいまし」

清は急いで手首の拘束をほどこうとするも、思いのほかきつくできていて叶わない。

（うふ、無駄ですわ）

それもそのはず——こんなときのために学んでおいた、特殊な縛り方を用いているのだ。ほどくのは簡単だが、拘束されている人間がもがけばもがくほど結び目が固くなるという好都合な仕組みである。

およそ清がこの状況から抜け出せる可能性は皆無に等しい。

（お兄様……今日だけは逃がしませんから）

「ば、ばか、こら、止めろ、ほんとに！」

「なにを仰いますか、お兄様……猫は夜行性、夜はこれからですわ」

清はいつものごとく冗談で済ますつもりのようだが、御華は本気である。

もうこれ以上、今のままの関係を続けたくない——そう強く願うからこそ、御華は兄にすべてを捧げる覚悟を抱き、この場に臨んでいたのだった。

「すんすん……あら？」

清の股間に顔を寄せた御華の姿は、まるでじゃれ合いを求める子猫のよう。

「お兄様、ここからいい匂いがしますわ」

「そ、そんな……み、け……うう」

冗談めかして微笑みを向ける妹を前に、清は赤面を禁じ得ない。

過度のスキンシップが日常と化した今でも、性行為の範疇《はんちゅう》に入る営みへ足を踏み入れたことは、これまで一度としてなかったのである。

だからこそ一層清は戸惑いを隠せないのではないだろうか。

（ここまでは上手くいってる……お兄様の赤くなる顔、かわいいですわ……）

あの鈍感な兄を相手に、自分が一人の女の子であることを意識させるまでは成功したようだ。

（いよいよ、お兄様の……）

だが、ここからが——言ってみれば本番である。

理知的な少女の瞳が、清の下腹部へ向いた。

「うわっ、止めろ！」

御華は素早く清のズボンを下ろし、同時に下着も剝ぎ取ってしまう。

「わあ……」

するとそこから勢いよく、肉竿が姿を現した。

（おっきいですわ……）

弾き出されるようにして出現した股間のイチモツは、御華の想像をはるかに凌駕する凶悪な外見を呈している。シャフトの表面は血の管がはっきりと浮き上がった生々しい姿を見せつけていて、先端のやや膨らみを帯びた箇所は一際明るい赤色を放ち、まるで別々の生き物が接合されたかのようにアンバランスだ。

（……それに、すごい匂い……）

清の精臭が、御華の鼻先をくすぐる。

（……ダメっ、感じてしまいますわっ！）

鼻腔に充密していったその香りに、牝猫の頭はくらくらしてしまいそうだった。

「やっと出会えましたわ、お兄様のオチ×チンと……うれしい、初めまして」

「くっ、う……」

一方自身の象徴を妹に凝視されてしまい、清は顔をそむけるしかない。

やはりペニスを見つめられるというのは少なからず抵抗があるようだ。

それも普段から一つ屋根の下で暮らす妹であればなおさらだろうか。

（ふふ、お兄様、失礼致しますわ……）

清が止めろと言うより先に、御華は肉棒に舌を伸ばす。

「ン……ちろ」

「うっ、くっ、御華……う、うあっ……っ！」

（……熱い）

舌先が触れた感想は、高い熱を帯びているということ。見ているだけでは想像もつかないほどの熱量は、御華の興味関心を引きつけて離さない。

「お兄様のオチ×ポ……んふっ、いただきますわ……ちゅ、ぷチゅ、チュ……んむ」

まず舌の表面を使い、竿全体をじっくり撫でていく。

「だめだっ、御華！　ううっ！　やめっ、ろ……くっ！」

兄が制止を試みても、妹にしたがう意思はまるでない。

今日の御華は、たとえ清であろうと止めることはできない。

つまり今の御華を止めることのできる人間は、地球上には存在しないのだ。

「ちゅく、だーめっ……んふっ、お兄様っ、止めませんわ……ピちゅ、る、ぷちゅ」

(すごい……どんどんおっきくなってますわ)

こんな間近で肉棒を目にするのは無論初めてだ。上手く奉仕できるか、正直なところあまり自信はない。

ただ今自分だけが兄を気持ちよくできる権利が与えられていると思えば、なんだかドキドキしてくるのである。

まるで肉棒に吸い寄せられるような心地で、御華は舌を這わせていった。

「ちゅく、ん……お兄様の、オチ×チン、ぷちゅ、レろ……すごく、おいしい……ですわ、ちゅ、ふ、くちゅ……お兄様のお味が、浸みてっ……いますわっ、ちゅ、ンむ」

明るい室内では、肉茎の鮮明な姿を視界に収めることができる。

赤黒い先端、ごつごつしているように見えるシャフト部、膨らんだ睾丸——それらすべてが御華にとって異様なものであるが、同時に兄の知らなかった一側面を垣間見ることのできた新鮮さが、御華の身体に興奮を催しているのだった。

「あつ、い、ですわ、お兄様……ぴちュ、はむ……それに、おち×ちん、すっごく、かたぁい……う、ふ、こちこち、ですわね……ンむ、ぷ」

御華が舌を這わせている間にも肉棒は忙しなく動き回り、じっとしていることがないまま肥大化を重ねていた。

(どこまで大きくなるんですの……?)

充分大きいと感じていたが、そこからさらに大きさを増しているのだ。

「くっ! あっ! うっ、く、あっ……」

いったん顔を上げ、今度は肉棒を手で握り、上下に扱《しご》いてみる。

そこまで力を入れず、根元から見えない快感の輪を引き上げていくようにして、屹立を動かす。

「御華、それっ、うあっ、くっ……ううっ!」

「あら? お兄様、おち×ちん、ごしごし、気持ちいいんですの……?」

これがお気に召していただけたようだ。

清の反応を見れば一目瞭然である。

(ふふ、お兄様……かわいい)

「我慢なさらないでくださいね……んっ、んっ……いっぱい、オチ×チン、しこしこして、差し上げますわ……」

強く擦りすぎないよう気をつけつつ、御華は肉根への奉仕を行っていく。

手で扱いたり、顔を寄せ舌を使って舐めたり――二つの攻めを混ぜながら、肉竿を刺激し続ける。

「う、う……」

性行為の経験を未だ踏んでいない彼女が手に入れた知識は、女性誌やインターネットなどのツールを通して手に入れた微々たるものだ。兄以外の男性の裸が映るものは身体がまったく受けつけないので、必然的に内容は限られてしまう。

「んッ、じゅる……ちュ、く、ぷ、ちゅ……チュぷ、チュ……もうっ、お兄様ったら、ビクビクって、して、ちゅ、はむ……んっ、ふ……出したいんですわね？　ン、ちゅ」

生の肉棒を見るのは今日が初めてとはいえ、男性の喜ばせ方なるものは一応理解しているつもりだ。

様々なツールで得た知識を総動員し、兄を射精へと連れていくつもりである。

「レロ、ちゅむ、く、チュ……ちゅむ、クちゅ……お兄様、いかがですか？」

「……そ、それは……すご、い、気持ちいい、けど……うぅっ！」

「んふっ、よかった、ですわ……そう言って、もらえて……ん、ぷ、ちゅる、んむ」

初めは戸惑いもあったが、御華は次第に要領を得始めていた。

清の感じるポイントを把握しながら、そこを続けて攻めていく。

「御華、やめ、うう……く、は、う……うう」

「ぷちュ、ちゅむ……うふ、気持ちいいんでしたら、止めませんわ……んちゅ、ぷ、ずっと、なめなめして差し上げますわ……ン、む、ちゅ、ふ……」

「あっ、く、う……くっ、あ……」

肉根の奥に潜む睾丸を手のひらに乗せ、転がすようにいじってみたり。

また、露見した乳首へ片方の手を伸ばし、人差し指の腹で撫で回してみたり。

もちろん舌先は肉茎を這い続けたまま、奉仕を施していくのだった。

「お兄様、これは——いかがですか？」

「えっ、なっ⁉　そんなっ⁉」

さらに続けて御華が繰り出したのは——髪コキである。

「ン、うふっ、どうです、お兄様？」

御華は自らの黒髪を手のひらに収めると、肉竿に絡め、扱き始めたのであった。

「そんなっ、ううっ……髪で、なんてっ……」

美麗な毛先が、太く赤黒い不気味な肉柱にまとわりつく。

手の動きに合わせ、御華の髪が肉幹と擦れ合う。

御華の美しい長髪と清の肉棒では、ひどく不釣り合いな組み合わせであった。

「わたくし、お兄様をお喜びさせたいのですわ……ン、ん……」

御華を「神の奇跡」たらしめているとさえ言える柳髪。

自ら生まれ持ったこの黒い艶髪を、御華はなにより大切にしている。

愛する清と二人の姉、そして両親以外の人間には、触れることを許さない。

だがなんのためらいもなく、御華は清の屹立に自ら長髪を巻きつけていったのだ。

「ン、ふ、大好きなっ、お兄様……」

愛する兄を喜ばせたかったから、自分のすべてを捧げるつもりだった――ここになにより、御華の覚悟が表れていると言える。

「わたくしの髪で、気持ちよくなってくださいませ」

美しくまとまった毛先が、肉根を包み上げる。

御華の髪が肉茎に与える刺激は、痛みと快楽の狭間を行き交うものだ。

ともすればもの足りなくも思えるその刺激は、だからこそ射精衝動を格段に高めていくのだった。

「うふ、お兄様、いかがです？」

「気持ちいい、けど……汚れちゃうよ」

「お兄様に汚されるなら、嬉しいですわ……我慢しないで、汚してください……んふ、わたくしの髪の毛に、白くて濃いお汁、吐きだしてくださってもかまいませんからね」

みれていた。

「神の奇跡」と謳《うた》われる少女の髪は今、先端から噴き出され続けていたカウパーにま

精臭を滲ませながら、御華の髪はなおも肉槍を擦り続ける。

「あンっ！　お兄様ったら、暴れないでください」

御華は緩急をつけながら淫茎の味を噛みしめるように肉傘を扱き上げる。

肉竿に絡みついた御華の長髪は、常にも増して妖しい魅力を放っていた。

「ん、ン、赤く膨れていますわ……ン、苦しく、ありませんこと？　ふ、ン……ん」

御華は清の男性器を愛おしそうに握りしめる。

黒い流れと化した御華の髪が、屹立の周囲を漂う。

髪が擦れる際、独特の音が生まれていて、徐々にそのリズムは滑らかになっていく。

「心配、ですわ……ふ、ン、んっ……」

黒髪に扱き上げられる肉根は、まるで縄に絡みつかれた猛獣のようだ。

御華の毛髪に締めつけられる格好となったペニスは、それをものともしない強烈な

力で膨張し続ける。

「わたくしが、治療して、ン……差し上げますわ」

拘束を試みる御華の髪は、脈打つ竿の動きを縛りつけている。

反り返った怒張を、御華はうっとりとした表情で見つめていた。

（もう少し……もう少しでお兄様がエクスタシーに行きつくはずですわ）

その瞬間を信じて、御華は肉筒を搾り続けていた。

睾丸から根元を締めつけ、快感を引き出そうと試み、シャフト及び亀頭まで、攻める領域を広げていく。

（……まだ、なのかしら……？）

不意に御華の髪は肉竿を離れ、普段通りの色艶を放つ姿へ元通りとなった。

髪の拘束をほどかれた屹立は、解放感に浸るかのようにさらに激しい脈動を重ねてしまうのだ。

ただ、肉幹に視線を注ぐ御華は、どこかやりきれない様子であった。

（むう……お兄様、なかなか射精してくださらない……）

「男性はこうすればイチコロ」なんて謳い文句を冠した記事の通りにことを運んでいるつもりなのに、清は未だ射精を果たしていない。

それは兄を恋慕う妹にとって、受け入れがたい現実であった。

（わたくしが、悪いのかしら……？）

実際のところあまりの気持ちよさに清は死ぬ気で射精を我慢しているところなのだが――御華の目にはそう映らない。

（お兄様……ごめんなさい）

自らの技が拙いゆえに兄を苦しめているのではないかという不安と、途方もない悔しさが彼女を襲う。

（お兄様を満足させてあげられないなんて……そんなの、イヤ！）

兄に尽くすのが妹のあるべき姿——御華は常日頃からそう胸に刻んできた。

（これならどうです！）

妹失格の烙印を押されてしまう前に——御華は奥の手を使った。

「ンッ！」

「御華、な、なにす……うわあッ！」

御華は身につけていた衣服をブラジャーごとたくし上げ、年齢にそぐわない発育を遂げた柔肉をあらわにした。

「えいっ」

重たげな双乳を下から支えるように持ち上げ、その間に肉柱を挟みこんでしまう。

「うわっ、そんなっ！」

肉棒を呑みこんだ胸肉は、そのままシャフトを擦り始めた。

爆乳を存分に用いての、パイズリ奉仕である。

「んっ、ふっ、ふうっ、んあン……あったかい、ですわ……あっ、んっ、ンっ、おっきくて、全部は、挟めませんっ、ン……ん、ン……くっ、ン、ふ……ん、ん、ン……」

「うっ、くっ……っ！」

肉幹は苦しそうに小刻みな振動を繰り返し、迫りくる柔弾力の迫力に我を忘れてしまわぬよう耐え忍んでいる。

（んふ、びくびくしているのが伝わってきますわ……）

抜群の大きさを誇るがゆえに叶う芸当。

極上の刺激が肉棒から清の全身へ拡散し、射精を果たすよう清の快感神経に伝達されていく。

「んっ、ん……どうですっ、か……？　ん、あン、お兄様……んっ、ン、ふ……」

（わたくし、おっぱいには自信がありますからね）

九十センチはあるのではないかと思われるほどの大きさを持つ膨らみは、他人をはるかに凌ぐ魅惑的なものと自負している。

毎朝のスキンシップの際わざと押しつけてみたら、兄の鼓動がドキドキしていることに気がついて——以来、いつかやってみたいと思っていたのだった。

実際、清の視線はさっきから御華の両胸に釘づけになっていたのである。

（お兄様は、巨乳が好きみたいですね……うれしい）

柔らかな弾力に包まれた肉棒は、先端の亀頭部だけが顔を覗かせている。

その入り口ともいうべき尿道の捌け口から、透明な液体が溢れていた。

（なんですの、これは……？）

初めて目の当たりにするその液体に興味津々な御華。

（おしっこ、では……なさそう）

止めどなく湧き続けるその液体へ、好奇心の赴くまま舌を伸ばす。

「チロ……ちゅ」

「うわっ、うっ、くっ……はっ、く……」

（ん……味は、しない……ですわ）

口に含んでみたが、別段どうという甘さ苦さを感じるものでもない。

両胸で肉矛を包みこみ、その状態のまま滑らかな肌で擦り上げ、さらに味を確かめようと先端へ舌を這わせていく。

「ンっ……こうして、おっぱい、してっ……ン、たく、さん……なめなめして、差し上げますから……チュ、ぷちゅ……お兄様、早くっ、どびゅどびゅ、してください」

唾液を肉竿の上に垂らし、それを表面に塗りたくる。

満遍なく口腔粘液を行き渡らせた後は、自らの両胸で擦り上げる。

「ジュ、ぶ……ちゅく、ちゅ……レロ、ん……ちゅ、ン……ん、んっ、ふ……ふあ、ん、ちゅ……お兄様、暴れちゃ、いやあ……」

こうして磨き上げられたペニスは淡い光沢を放ちつつ、脈動を重ねるのだ。

さらに御華は唇を開き、赤黒く変色したペニスの先端を咥えこんでしまった。

「そんっ、なっ……ううっ、く、う……」

「んむ、チュ……レロ、じゅ、く、ちゅ……クちゅ、ちゅ……プチュる、ん、ぶ、ふ、む、ちゅ……ジュ、ク、る……お兄様の、さきっぽ、んふ、おいしいですわ……」

膨張した亀頭は口腔内で唾液をまぶし、竿の部分は柔肌で温め、上下に扱く。

今や肉棒は根元から先端まで御華の思うがままとなった。

フェラチオとパイズリのダブル攻撃に、もはや清はノックアウト寸前。

「もう、そろそろ、ですの……？　ちゅ、ぴ……ん、む、お兄様のオチ×ポ、震えていますわっ……ンぷ、ちゅぷ、ふ……ぷ、む、ふ……」

御華の攻め手は休む間もない。

亀頭を口に含んだ状態のまま、自身の唾液とカウパーを吸い上げる。

ともすれば精神そのものを吸いつくしてしまいそうなほど。

「くちゅ、ちゅく、ン、ふ……お兄様、ちゅ、おねがい、ですわ……我慢、ちゅ、る、しないで、くださいね……ん、はっ、む、ん……チュ、ちゅる、く、ちゅ……」

透明な液体は口腔内で唾液と混ざり合い、上下運動をサポートする役目を担う。

口の端からじゅっじゅっと聞こえる淫猥な音色は、清を射精へとエスコートするアナウンスに違いない。

(お兄様の、まだおっきくなるんですの……?)

兄の肉棒は大きくて、妹の小さな口には到底入りきらない。

けれども御華は先端を口に咥えたまま離そうとせず、執拗に亀頭を舐め回していく。

御華は懸命に口を広げ、心から兄に尽くそうと胸と舌を動かし続ける。

(だって、お兄様、わたくしで、こんなに大きくしてくれているんですもの……)

肉竿への奉仕はいずれも拙いものだ。自分自身が一番理解している。

それでも、兄は充分股間のイチモツを肥大化させてくれている。

兄を気持ちよくさせてあげられているという事実が、なによりもうれしい。

(お兄様……)

——ならば迷うことはない。

兄を快楽の果てへ浮揚すべく、全身全霊を傾けるのみ。

「うわっ、御華、くっ、そこっ、は……っ!」

兄があからさまな反応を見せたのは、さっきからカウパーを止めどなく溢れさせる
その源、即ち鈴口へ舌を挿しこんだときである。

「おにい、さま? このお口ですか? ン、ちゅる、はむ、れロ……んふ、ちゅ、でしたら……ここ、たくさん、して、差し上げますわ……ン、ぴちゅ、ん……」

肉柱を胸で扱きつつ尿道口へ舌を向ける。

御華は舌の形を変え、スコップのように動かしながら鈴口を掘り起こす。

「はっ、ク……う、う……あ」

「んふっ、おにいさま、の、おすきなところっ、ふっ、ン……いっぱい、ン……なめ、て、差し上げ、ますわ……チュ、ちゅ……る、じゅぶ……」

尿道の残滓をすべて吸い尽くすべく、入り口を掘り進める。

その過程で唾液粘膜がカウパーと絡み合い、肉柱にまとわりつく。

肉竿を伝って乳房まで垂れてきた唾液が、柔肌の上で妖しく光る。

「んふっ、ン……ふっ、どうです？　お兄様……ちゅ、くちゅ……レロ、ちゅる、ぷちゅ……じゅ、ちゅ、ちゅぷ、くちゅ……じゅる、ちゅ、ぴちゅ……ン、ん……」

睾丸には両手で包むような形で刺激を与え、一瞬でも早い射精へと兄を促す。

口腔内に収まりきらない巨大なペニスは、カウントダウンの始まった射精へ向け、なお肥大化を続けていた。

「うあっ、みっ、み、け、これ、以上、は……くっ、はっ……ううっ！」

「じゅ、く、ちゅ……お兄様、我慢なさらないで、ください……ちゅ、くちゅ、じゅる、ちゅ……わたくしはずっと、お待ちしておりますわ」

清が縛られた状態のまま腰を動かして、激しく悶えていた。

――やがてその瞬間が訪れる。

「だめだっ！　御華、もうっ！」

口腔内で暴れ回るペニス。

逃がすまいと、御華は二つの乳房で挟み上げ、唇でぎゅっと肉根を咥えこんだつもりだった。

「……きゃっ！」

だが兄が最後の力を振り絞り、縛られた状態のまま肉棒を妹の口から引き抜いてしまった。

瞬間、先端から白濁液が爆ぜる。

「うあっ、あっ！」

「ああ！　お兄様！　すごいっ！」

見事なまでに勢いよく噴射された液体が、妹の顔一面に飛び散っていく。

治まる気配のない射精を、御華は間近で茫然と眺めていた。

（これが、お兄様の……）

初めて目の当たりにした射精という現象を前に、御華の体内に火を灯した興奮の炎は激しく燃え上がっていった。

射精はしばらくの間続き、やがて終わった。

「はあっ、あ……はあっ、はあっ……」

精液の飛沫が付着してしまった御華の顔を、清は申し訳なさそうに見つめている。

(熱い、ですわ……)

自慢の柳髪にまで飛び散ってしまった白濁液。

白く染まる粘液は、指先の間に糸を引いて床へと落ちていく。

「……御華ッ!!」

「ン……レロ、ちゅ……」

御華はそれを丁寧に掬い、愛おしそうに舐め取るのだった。

(これが、お兄様の子供たち……ああンっ！　変な気分になってしまいますわっ！)

顔一面に清の匂いが広がり、御華は恍惚とした笑みを浮かべている。

実のところ御華は大好きな清の子種を浴し、達してしまっていたのである。

(あっ、だめ……ッ！)

じわじわと、秘裂から甘い蜜液が滲み出してきてしまった。

「お兄様……わたくし、もうっ……っ！」

色欲の奴隷と化した御華の手は、再び肉竿を握りしめていた。

「うっ、御華っ！　あッ！」

射精を終えたばかりのペニスは一際敏感になっているようだ。

肉直をつかまれてしまった清は苦悶の表情を見せている。

手のひらに収まった肉刀は熱く、触れていると火傷してしまいそうなほど。

（お兄様……我慢できませんわ！）

こうしている間にも、止めどなく溢れ出す牝汁がショーツを汚し、クロッチに淫らな染みを浮かび上がらせているのである。

そんな妹を前にして、一度射精を果たそうが決して衰えた姿を見せない禍々しいペニス。

（早く、お兄様と、一つにっ！）

御華の瞳にはさっきから、あの反り返った肉竿しか映されていなかった。

「御華……」

「はっ、あ、あ……お兄様」

御華は熱い呼吸を繰り返し、自分からショーツを脱ぎ捨て、清への奉仕によってびしょ濡れとなってしまっていた秘芯をあらわにする。

露見された恥丘部には薄い恥毛が生え揃い、姫割れから溢れ出した牝露が秘園にまで流れ伝って、そこにいくつもの水滴を浮かべてしまっている。

もはや前戯の必要性はまったくない。

（いよいよっ、お兄様と……っ！）

御華は両腕を縛られ身動きの取れない清の身体にまたがる。

待ち侘びた瞬間が、ようやく訪れようとしていた。

「お、おい、御華、これ以上は、よせっ！」

清の制止も聞こうとせず、御華は屹立の真上から勢いよく腰を下ろしていった。

「あっ、あっ、ああ……はくっ、うっ……ンンんッ！」

処女の媚肉が、清の剛直を呑みこむ――。

「ヒあッ！　アッ、ああっ！」

硬化したペニスは一瞬で処女膜を貫通してしまった。

肉棒は真上を向いたまま、御華の身体を突き刺していたのである。

「んあッ！　はっ、あ、う、う……いッ、ア、ひ、う……く、うう、ン……」

あまりの激痛に歯を食いしばるが、兄との思い出ならばこそ、この痛みも愛しく思える。

（もう少し……っ！）

痛みをこらえ、なおも御華は腰を沈めていく。

そして――兄の肉棒が確かに自身の最奥に触れてくれたのがわかった。

ついに一線を越えた――御華の夢が叶ったのだ。

（これでやっと、お兄様と……一つに、なれた……）

御華がそんな思いを胸に抱いたときだった。

「……あっ」

——御華は涙を流してしまった。

ただそれは、激痛によるものでは決してなかった。

（お兄様……ああっ、お兄様……っ！）

兄と一つになれたことによる幸福が、全身に充密したがゆえの感泣であった。

溢れ出る涙を止めることはできない。

「うっ、う……」

待ち焦がれた瞬間に、ようやく出会うことができたのだから。

ただ嬉しさに涙を流し続けるのみだ。

（やっと、お兄様と……）

だが、兄はそう受け取りはしない。

「御華、ごめん……」

清は急いで肉棒を抜いてしまおうともがくものの、依然縛られたままの状態では上手くいかないようだ。

（お兄様、イヤっ！　だめッ！　抜かないでくださいっ！）

破瓜《はか》の痛みに耐えきれず涙してしまった――清がそう考えるのは自然なことだ。

ただでさえ妹想いで、誰よりも優しい兄だから。

だが今はそんな兄の、優しいけれどここまで鈍感なところが少しだけ恨めしい。

「いやだ！　抜かないで！」

ようやく自分の気持ちが言葉になってくれたときには、涙声にむせてしまっていた。

「御華……」

「お兄様、どうか……どうか聞いてくださいまし」

――苦しかった。

大好きな兄が、自分を子供扱いして、振り向いてくれなかったこと。

妹だから――ただそれだけの理由が、男女の関係を隔てるあまりに高い壁となってしまっていたこと。

兄を愛するこの気持ちが、その障壁を乗り越えられなかったこと。

妹でなければ、兄は自分に振り向いてくれたのかも――そんな考えるだに恐ろしいようなことを、考えてしまいそうになったこと。

「お兄様……お兄様」

すべて、兄を愛するがゆえの悩みであったのだ。

「ずっとお兄様が好きだったんです。本気なんです……お兄様が、知らない人に、取られてしまうのではないかって……すごくっ、怖くて……だからっ！」

心の底から兄を想う気持ちが伝わってほしいと願う妹の瞳から、涙がこぼれ落ちた。

「御華……ありがとう」

思いの丈を吐露し終えた少女に、清はもう止めろとは言わなかった。

「お願い……ほどいてくれるか？」

兄の声は優しかった。御華はその通りにした。

「かわいい妹を抱き締めてあげられないからな」

すると一回りも大きな清の腕が、御華の背中へと回された。

そのままぎゅっと抱き締められる。

苦しいくらい。

けれど、御華はただ涙を流したまま、兄の身体に身を預けた。

「お兄様……愛しています、お兄様……」

大好きな兄の身体は、温かかった。

5 妹のなかへ

二人はそのまま、しばらくの間抱き合っていた。

どのくらいそうしていたであろうか、不意に兄が頭を撫でてくれた。

「お兄様……」

髪の毛を優しい手つきで梳《す》いてくれる。

そのくすぐったさに、御華は目を細める。

「ごめんな、御華……つらい思いをさせた」

「そんなっ！　お兄様が謝られることでは！」

「ううん、ごめんな」

「いいんです……わたくしは、お兄様の……お兄様だけのものですから」

御華はそう言って清の胸に顔をうずめた後、再びその瞳をためらいがちに見つめる。

「……ですが、お兄様、その……」

「どうした？」

「お兄様は、わたくしのこと……す、好き、なのでしょうか？」

「うん、好きだよ」

兄はさらっと即答してくれたが——御華は今気を失ってしまいそうなほどの衝撃に襲われていた。

（……い、今、本当に……？）

「……お、お兄様……」

兄を恋慕うあまり幻聴が聞こえていなければよいのだが。

「ほ、本当……ですか？」

声を震わせた妹は、不安な、けれどその奥に期待をこめた瞳で清を見据える。

「御華のこと、好きだよ……」

訊き直して見るものの、返ってきた答えはうれしいことに変わらなかった。

（……本当に、そんなっ……うれしいっ！）

「上手く表現できないけど……御華は僕にとって大切な女の子だ」


我慢していたのは、御華だけではないのだ。

ただその我慢の仕方が、兄と妹で随分と違っただけ。

次第に大人の女性らしく成長していく妹たち。

出会ったばかりの子供の姿からは、随分と変わっていた。

彼女たちを愛しいと思う気持ちは、幼い頃の自分が抱いたそれとは明らかに質の異なるものとなっていた。

清はどこか未練を断ち切ろうとして、一人暮らしを始めようとしていたのである。

妹と恋愛関係に陥ってしまいそうな自分に、後ろめたい気持ちを抱いていたから。

三姉妹との関係に悩んだ日も、一日や二日ではなかったのだ。

（でも、今は……）

けれど、もう迷わない——。

御華はすべてを捧げて、不甲斐ない自分と向き合ってくれた。

妹にここまで尽くしてもらえて、兄としてその想いに応えないわけにはいかない。

その気持ちに応えたい。

今はただ、このかわいい妹のことを力いっぱい抱きしめてあげたい。

「御華は大事な女の子だよ……その、これじゃだめかな？」

「いいえ、お兄様……充分です」

「だから、さ……」

「えっ、あっ！」

兄と妹だから——もうそんなことを言い訳にはしない。

「お兄様!?」

「今度は僕に、御華を気持ちよくさせてくれ」

清が姿勢を改め、御華の身体を引き寄せる。今一度挿入を試みるためだ。

破瓜を済ませたとはいえ、御華がついさっきまで処女であったことに変わりはない。

清の剛直に対し、サイズの小さすぎる入り口を突破するためには、どうしても時間が必要になる。

（お兄様の……やっぱり、すごく、おっきい……）

すでに一度通過したとは信じられない。

それほどまでに巨悪な外見を見せつけているのだ。

（あんなに、おっきいのに……入ったなんて）

先端からは先走り汁が止めどなく溢れ続け、一層肉竿をグロテスクに映している。

「お兄様、お願い、します……どうか、わたくしのなかに、きてくださいまし……」

純潔を捧げることのできた喜びは、きっと生涯忘れることはできないだろう。

長年想い続けてきた兄と、ついに繋がることができたのだ。

（うれしい……）

言葉にならない想いが、涙となって伝っていった。

同時に、本能はさらなる愉悦の段階へ、御華の身体を誘おうとしていた。

（お兄様に、もっと……）

先ほどは挿入を完了させただけで結合を中断していた。

再び兄と繋がったならば、その果てに待つ快楽へと身を寄せてみたい――御華の身体はそう望んでいた。

「御華、いくよ」

「はっ、は、い……」

御華はとうに自分のすべてを愛しい兄に任せている。

頷いた御華は、静かにその瞬間に備えていた。

「……んっ」

御華の姫割れに肉茎が触れていく。

(すごく、熱いですわ……)

肉棒は燃え盛る炎のごとくその身に熱を宿し、御華の快感を炙り出そうとしていた。

「あ、お兄様……ン、ンっ！」

御華は清に向けさらに大きく脚を開き、腰を浮かせて肉根を迎える準備を整える。

「ふあ、あ……お兄様、あ、あ……」

御華の蜜壺は愛液を泉のごとく溢れ続けさせる。

牝露はもはや尻穴の方にまで垂れてきてしまっていた。

「あっ、くる……おにいさまの、くるっ、きますっ！」

御華の腰を支えた清は、熱竿の根元を持ち、愛液の溢れた縦割れに突き刺していく。

「んんン！　ふあああんん！」

凄まじい衝撃が、全身を割り裂いていく。

太い肉棒が膣壁を拡張しながら最奥に迫る。

先端のエラが締めつけを突き破るかのように、清のペニスは下腹部へと沈んでいく。

（痛い、けど……でも、さっきよりは、全然……）

やはり若干の痛みは残っている。

だが、さほど気にはならない。

むしろ肉銛が押しこまれる感触に身を浸したままでいたいとすら思える。

御華はすでに肉槍の虜になっていたのである。

「ひっ、い、イ、あっ……ンはっ、う……う、い、ひっ、く……ああン！」

肥大した亀頭が、複雑な蠕動を繰り返す膣肉をまっすぐに貫こうとする。

くびれが膣壁と擦れることで摩擦が生まれ、御華の快感が引き上げられていく。

「あっ、おく……きちゃ、ふ……ひイっ、すご、い……いィ！　おなかっ、こすれっ、ちゃ、いますっ、うう……ンっ！」

異物が入りこんでくる違和感は、肉幹が遡るにしたがって次第に膨らんでいく。

内側からお腹を突き破られるような、そんな感覚だ。

けれど自分ではどうしようもなく、ただ我慢するしかない。

（苦しい……でも）

並々ならぬ圧迫感に苛まれているのは事実だ。

だが、今回の挿入では、自分でも不思議なくらいスムーズに奥へと肉棒が侵入してくるようにもなっていた。

（さっきは本当に、壁と壁が押し合うようでしたし……）

清は決して急ごうとせず慎重に、ゆっくりと腰を前に突き出し、肉根を最奥へと近づけていく。

「く、すご、い……きつい」

半分ほど挿入を果たしたようだが、それでも充分強烈な圧迫感が身体の内側を襲っていた。

「お兄様が、きてっ……あっ、なか、あっ、おされ、ちゃ……あ、はっ、うっ、うう、ン……ぐ、う、ひ、ン……」

肉根を拒むがごとく締めつける膣壁を、亀頭が斥《しりぞ》けながら最奥へ向け通過していく。

その過程で肉茎は、膣壁に淫楽へ至る粒子を刻みつけていく。

「やっ、あ……入って、アッ……なか、ずきずき、して、きま、す……ううッ！」

徐々にその全身を膣内へと侵入を果たしつつあるペニス。

水滴が岩肌を穿《うが》つがごとくゆっくりと、しかし着実に、子宮口へと接近する。

「すごいっ、太いですうッ！　お兄様っ、なかっ、あ……ふああ、き、て、るうっ、うう、お兄様がっ、わたくしのっ、なかにっ、きてっ、います……っ！」

固い扉をこじ開けるようにして続いていた肉槍の進行は、先端が子宮口に到達した

ことによっていったん止むこととなった。

蜜口の向こうへと吸収されていったペニス。

御華の身体に、深々と突き刺さっていた。

「おにい、さ、ま……あっ、あ……」

御華は瞳に涙を浮かべながらも分身をすべて受け入れてくれた。

「御華、全部入ったよ」

清はそう言って涙の雫を指で掬い、御華に向かい微笑みを浮かべる。

肉棒すべてが入りこんだ今、清の下半身を襲う締めつけは、挿入の過程に立ち塞がったそれとは比較にならないくらい強烈なものとなっている。

（やば、すごい、簡単に出ちゃいそう……）

膣内は温かく、肉筒全体を包みこんでくる。

肉棒が熱に囲まれ、さらなる膨張へと向かっていく。

肥大した肉竿は今やたとえ静止していようとも蠕動を繰り返す膣肉に扱かれてしまうのだ。

「ああっ、入ってますぅ……すごい、びくびくって、して、いるのが、わかりますわあっ……」

膣内に散らばった襞の数々が、清の敏感な亀頭にまとわりついてくる。

清は正常位で繋がった妹の腰を押さえ、静かに肉茎を引いていく。

その動きを追いかけるようにして、膣肉が肉根を搾り上げる。

そこに摩擦が生まれ、結果二人に快感が伝播されていく。

「こんな、すごいっ、なんて……っ！　わたくしっ、しらなっ、くてっ……」

巨大なエラが膣肉を削り、御華の身体が緊張する。

膣襞が肉棒と擦れ、むず痒い刺激が身体の内側を流れていく。

「ふっ……ンっ、んっ、おにい、さまっ、がっ……うごくっ、たびにいっ、おなかっ、こすっ、れてっ、きもちっ、いいです……はふうンっ！」

同時に強力な力で肉直は締めつけられる。

挿入を続ける限り、肉悦へと続いていく道が閉ざされることはない。

「ら、あ、めええっ！　おにいさ、まあっ！　わたくしのっ、オマ×コっ、おかされちゃ、うう……ンひっ、ンううっ！」

凶器と化した肉銛が、容赦なく膣肉を抉る。

すると直前まで処女だった膣内は勢いよく肉竿を扱き上げ、清に再度射精を強いるのであった。

（うっ、もう、出ちゃいそうだ……）

目の前で肉竿を呑みこんで乱れる美少女は妹だ。

しかも「神の奇跡」と呼び讃えられるほどの絶世の美女。

だが妹は今兄を前に惜しげもなく痴態を晒している。

妹を抱く背徳感が射精直前になって再び再熱したかのように、清の興奮をより高い次元へと押し上げていく。

「だめえっ！　おにいさま、わた、くし、おにいさま、に、いっぱい、おなか、ずんずんされ、て、がまんっ、できっ、なく……なって、しまいますからあっ、ああ！」

御華は淫猥な喘ぎ声を室内に満たす。

ピストン運動によって生まれる乾いた音が、その艶声と重なって反響している。

鮮やかな黒髪が、肢体に浮かぶ珠の汗に張りついていやらしい。

「あっ、また、おく、はいってきま、し、たあっ！　らめ、そんなに、ぐりぐりするのっ、はんそくっ、ですううっ！　やあンっ……だめ、ですか、らああ！」

亀頭が子宮口をノックすると、それに合わせて膣道全体が肉竿を圧迫してくる。

先端から根元に至るまで、均一の力でもって締めつけられてしまう。

(押しつぶされるっていうより、引き抜かれるって感じかも……)

肉槍を挿しこんでいるはずの清が、逆に引っぱられてしまうかのような衝撃を味わっていた。

「あっ、はっ……おくっ、すごいっ、あつくてっ……かたいっ、オチ×チンっ、はっ、イイン……ひうっ、ふ、ン、ああっ！　オマ×コ、かきまぜられちゃってるうンっ！」

根元から精液を絞り出すかのように蠢《うごめ》く、御華の膣内。

膣肉のその動きは、ペニスの大きさに合わせて不規則かつ的確に射精へと導いてくれている。

「お、にい、さま……あっ、ひうっ、んんん！　おにいさまオチ×ポっ、気持ちよすぎますうっ！」

平時は上品で匂い立つような魅力を放つ御華が、ここまで愉悦に乱れる姿を目にしようとは想像もつかなかった。

そんな妹の姿を前に、そう長い時間我慢していることはできない。

「あっ、う、ひ、あ……だめ、だめです、はげし、いい……わたくしのっ、なかっ、おにいさまのっ、かたちにっ、されちゃううううっ！　あアンっ！」

快楽に蝕まれていく妹の子宮口へ向け、さらに激しく腰を突き出す。

「おにいさまっ、ああッ！　すきですっ！　だいすきですうっ！　おにいさまっ、たくさんっ……オマ×コっ、してくださいいっ！」

次第に接近しつつある射精の瞬間。

体内の奥底から快感を束にしたような得体の知れない衝動が湧き上がってくる。

「おにい、さまっ……もう、がまンっ！　できないッ！　ああっ、ンン！　イッて、しまいますぅ！　ンンぅ！」

「僕も、御華、出ちゃいそうだ……くっ」

「はっ、あっ……おねがいっ、しまっ、す……おにい、さま……一緒に、一緒に！　おにいさまとっ……はうっ、う、ふああ……いっしょがいいれすう！」

自らを呼び続ける妹へ向け、欲望の滾《たぎ》りを爆発させる。

「出る！　ううッ！」

最奥に突き刺した肉棒から、清の精液が吐き出されていく。

「ひいああ！　きてるうッ！　おにいさ、まああっン！　たくしゃん、きちゃい、ますううっ……ううっ！　らめ！　ああッ……アっ、あ、いっひゃ、ああン、ンんぅ！」

大きく開いた脚を小刻みに震わせ、しばらく痙攣の止まらない御華。

絶頂を続ける妹の子宮に、大量の精液をすべて受け止めることはできるはずもない。

「おにいさまの、せい、えき……たくさん、きてっ、ますぅ……ン」

肉棒が収まった状態の姫割れから白濁液が溢れ出したところで、清の射精はようやく終わりを迎えることとなった。

部屋へ戻った主人を、愛猫のミケが出迎えてくれた。

「ミケ……」

腰を下ろした主人の膝上に乗り上がり、ミケは身を伏せる。

「いい子……」

愛猫の背中を撫でてあげるうちに、最愛の男性と繋がれたことによる嬉しさが再びこみ上げてきては御華の全身を包んでいくのだった。

幸せに浸る御華の手元は、いつの間にか止まってしまっていた。

そんな主人の表情を、ミケはじっと見つめている。

「ミケ……わたくし、今すごく幸せ……」

「……にャあ」

優しく微笑むご主人様に、ミケは鳴いて返事をするのであった。


三匹の猫たちはその日、屋根の上に佇み、星空を眺めていた。

「ついにご主人がご主人のご主人を射止めたにャっ！」

「わかりにくいにゃ……」

「もっと簡単にしてくれニャ」

「ああっと、すまないにャ……簡単に言うにャら、ご主人がやっとエッチなエッチなこと、したにャしまくりだにャ！　またがって突き刺されて腰振りまくりだにャ！」

「穴隙《けつげき》を鑽《き》ったたってことかにゃ!?」

「うにャ、間違いないにャ！　ご主人、太いイチモツ咥えこんで気持ちよさそうに喘いでたにャ！　イクイクだにゃんて、こっちが恥ずかしくにャってくるにャ！」

「恋はし勝ちと言うし、これは一歩リードかにゃ？」

「ふんだニャ！　こっちのご主人だって負けないニャ！」

「女の一念岩をも通す、だにゃ……次はご主人の番だにゃ！」

「しばらくは退屈しそうにないにャ……それにしても、吾輩までしたくなったにャ！」

「こら、よすにゃ！　もうそんにゃ元気はないにゃ」

「冗談だにャ」

「ニャはは」

月の沈んでいく街に、猫たちの笑い合う声が響いていた。

第二話　音子お姉ちゃん、頑張っちゃうニャ！

1　長女の疑惑

――三女御華が清と関係を持った翌日の朝。

塩原家のリビングには、普段と変わらない光景が広がっていた。

「おはようございます、お兄様」

「うん、おはよう」

「……愛しています」

「ありがとう」

清と御華はまるでなにごともなかったかのように振る舞い、昨日までと変わらない調子で挨拶を交わした。

二人の顔には揃って笑みが浮かんでいる。

次女若央がいつものごとく「おはよー」と眠たそうに目を擦りつつ席に着いたところで、塩原家の朝食が始まった。

「いただきます」

黙々と箸を動かす三人をよそに——長女音子の表情はどこか冴えない。

それもそのはず——おっとりした性格の割に勘の鋭い長女は、兄と妹の様子が普段と違うことにすぐに気がついていたのだ。

(お兄ちゃんと、御華ちゃん、なにかあった……?)

どことなく変わっているのは音子の目に明らかなのだが——不可解なのは二人がそれを隠そうとしているという点である。

音子は鼻がよく利く——それこそ猫のように、である。

二人から漂う匂いも、今日は微妙に異なる。

二人がまとう空気も、どこか穏やかなものへ変わっている。

(うーん……)

あまりじろじろ見ていては不審に思われるためしばらく横目で観察してみるが、やはり注意を向けていればその分だけ二人への疑念は膨れ上がるばかりだった。

(気になるよお……でも)

御華の姉として、清の妹として、どうしても気になる——気にならないはずがない。

気になって仕方がないのだが——直接「なにかあったの？」とは訊きづらい。

——なんとなく、そう思えたのだ。

だから奥手な姉は、黙っているより他にどうすることもできなかった。


(むむ……)

学校へ行く途中も、努めて二人の動向に気を配る音子。

今二人は、並んで音子より少し後ろを歩いている。

やはり普段よりかすかにではあるが、御華の清と接する態度が違うような気がする。

これまでは人目をはばからずいちゃつくのが当たり前だったのに、今日という日はただ黙って同じ方向を向いたまま並んで歩いているだけなのだ。

(うう……どうしたんだろう)

時折思い出したように言葉を交わし合っては笑顔を浮かべ、再び前を向くと沈黙してしまう——この繰り返しだった。

(やっぱり、おかしい、よね……？)

普段の清と御華を見ていれば、今日はどこかぎこちなく思えそうなもの——それなのに、逆にいつもより二人の距離が近づいているように感じられてしまうのだ。

「ねえねえ、若央ちゃん、ちょっといいかな？」

「どうしたの？」

すぐ傍にいる若央に小声で囁く――もう一人の妹は、どう感じているだろうか。

やはり自分と同じく、なにかあったのではと睨んでいるのではないだろうか。

それとも自分が神経質になっているだけであろうか。

「あのさ……今日あの二人、なにか変じゃないかな？」

声のトーンを落とし、若央に相談してみる。

「え……そう？　気のせいでしょ？」

しかし若央は二人を一瞥した後、少し考えてからそう答えた。

（若央ちゃんは、変わってないって……思うのかあ）

それもそのはず――普通の人が見れば、気づくはずもない。

――二人が意識して隠そうとしているのだから。

たとえ若央であろうがわからない。

ただ音子の勘が鋭すぎるがゆえに気がついてしまっているだけなのだ。

「いつも通りだと思うよ……」

（そう、かなあ……）

音子は気のせいだと思いこもうとするものの、やはりどこか腑に落ちない。

心のもやもやを晴らすことは、ついにできなかった。

結局答えがわからないまま、学校へと着いてしまっていたのである。


放課後帰宅した音子は夕食の準備に取りかかった。

その間二人のことが頭から離れず、手元の作業に集中できなかった。

結果料理の出来も散々であった。

「お姉ちゃん、どうしたの、これ!?」

驚きと落胆の表情を交え、若央が音子を問いただす。

「ご、ごめんね……」

陸上部に所属している若央は、いつもお腹を空かせて帰宅する。

姉の食事を毎日楽しみにしている妹が、口に含んだ瞬間むせ返るようなからさを訴えたのであった。

「ちょっと、作り方間違えちゃって……」

「体調悪いのか？　皿洗い、今日の分やっておくよ」

「そんな、お兄ちゃんは、学校の仕事も忙しいのに……」

「大丈夫、今日は全部終わらせてきたから。もう休みなさい」

「でも……」

「お姉様、無理をなさらないでください。みんなお姉様が心配なんですよ」

「そうそう、無理しないでね」

「御華ちゃん、若央ちゃん……う、うん、ありがとう」

そう言われては、断るのは申し訳ない気もする。

「じゃ、じゃあ、お願い、します……」

どこか身体の調子が悪いわけではないのだ。

ただ悩みごとがあるだけ——胸のつかえがなんなのか、その正体がわからない。

——なにかあったの？

二人にそう訊けば済む話なのに、それができないのは自分に勇気がないからだ。

もしこの問いを投げ掛けたら、今まで大切にしていた家族の絆が音を立てて崩れてしまう——そんなどこか馬鹿らしくもある予感が、音子の脳裏に過《よ》ぎったのであった。


(悪いことしちゃったな……)

自室に戻り、後ろ手にドアを閉める。

電気は点けず、真っ暗な部屋の中、記憶を頼りにベッドへと向かい、すぐにその上に横になった。

(お兄ちゃん……)

音子が思いを馳せるのは、兄である清のことだ。

今朝からずっと、なにをするときでも、清のことばかり考えてしまう。

「にゃあー」

悩み悶える主人を見かねたのか、愛猫のネコが枕元に近寄ってきた。

ベッドの下から見上げるネコは、こちらを心配してくれているようにも思えてくる。

「おいで」

そう言うとネコはベッドの上に飛び上がり、行儀よく座りながら主人の顔を覗きこんできた。

「……ネコちゃん、あの二人、どこか変だよね？」

「ネコ」は頭がいいからわかってくれるかも——そんな淡い期待を寄せたものの、無論言葉が返ってくるはずもなく、ただ「にゃあ」と鳴くばかりである。

「……くすぐったいよお」

ネコは浮かない顔をした主人の頬を優しく舐めてくれた。

——まるで、奥手な自分を励ましてくれるかのように。

音子はそっと愛猫の身体を胸元に寄せ、その身体を優しく撫で返す。

ネコは気持ちよさそうに首を伸ばした。

「はあっ、どうしよう……」

気が揉めるあまりため息をついてしまった。

そんな主人の顔をしばらく見つめていたネコは、少しして開かれた窓から夜空のもとへ飛び出していった。

涼しい夜風が音子の頬に触れていき、髪の毛先がふわりと浮かぶ。

「はあっ……」

音子はもう一度、今度は一人だけとなった部屋の中でため息をつくのだった。

——時刻は深夜二時を回っている。

結局音子はこの時間まで一睡もできず、ただ時間だけが過ぎてゆくのみであった。

(喉渇いたなあ……お水飲もう)

ベッドから起き上がり、部屋を出た音子はキッチンのある一階へと降りていった。

(……あれ?)

一階に来てみると、真っ暗な廊下に一筋の光が伸びていることに気がついた。

(……お兄ちゃんの部屋からだ)

光の伸びる先をたどっていけば、そこは——清の部屋で、間違いはない。

(でも……なんで、こんな時間に?)

清は昔からよく眠る体質だ。することがなければ平日でも夜十時半までにはベッドへ入るし、これまでどんなに遅くても一時までには就寝を果たしていた。休みの日には一日中寝ているといっても過言ではないほど、寝ること自体が好きなのである。

だから、兄がこんな遅い時間まで起きていることがあるなんて音子は知らなかった。

(お仕事?　ううん、今日は全部済ませたって言ってた……)

なにもなければ——清の部屋に灯りが点いている理由はないはずだ。

(じゃあ、どうして?)

その理由を確かめねばと、悪魔の囁きが音子を誘う。

不思議な魔力が、音子をドアの方へと吸い寄せてしまう。

得体の知れない手招きに、逆らうことはできそうにない。

(いけない、けど、けど……気になるよお)

本能的に覗いてはいけないと警告が発せられる一方で、どうしても中を覗いてみたいという衝動に駆られる。

「……っ!」

欲望の疼きに勝てず、覗いたその先では——衝撃的な光景が音子を待ち構えていた。

「ヒあっ!　お兄様のっ、すごいっ!　ンひっ、いい……深くっ、きてますうっ!」

あろうことか、清と御華が行為の最中であったのだ。

「うっ、御華、ぎゅうぎゅう締めつけてくるよ」

「だめっ!　あっ……おにいさっ、まっ……ンん!　わたくしっ……ヒッ、い、イッてしま、いっ……ひっ、ますっ、うう！」
驚きのあまり声を失った音子は、逃げるようにしてその場から離れるのだった。
「はあっ、は、あ、はあっ……は、あ……」
その後どうやって部屋へ戻ったのか記憶にない。
(お兄ちゃんと、御華ちゃん……)
心臓は今も激しい鼓動を刻み続けている。
部屋へ戻り、よろめきながらもなんとかベッドに身を横たえる。
深呼吸を何度も何度も繰り返し、ようやく音子は落ち着きを取り戻した。
(あれって……)
するとその途端に、先ほどの光景が鮮明に蘇ってきたのだった。
(……し、してた、よね……？)
二人は一糸まとわぬ姿で身体を重ねていたのである。
(御華ちゃん、あんな声、出すんだ……)
妹のついぞ聞いたこともない艶声が、耳の底に張りついたまま響き続けていた。
(……すごく、気持ちよさそうだったなあ……)
期せずして目にした光景は、音子にとってあまりに刺激的で——それが思春期の少女に宿る性衝動を燻らせる結果を呼んでいた。

「あっ、ン、はっ……んアっ！　だめっ……んン！」

気づいたときにはすでに、音子の指先は自身の花弁へと伸ばされていたのである。

（いけないのにっ！）

先ほどの映像を思い起こしながら、音子は媚唇をまさぐり始めてしまった。

「あっ、はっ……ン！　はあっ、てっ、とまらっ、な、い……あ、ウ、ん……ふっ、あッ……いッ、ひ……う、ふうッ……ンンッ！」

脚を開き、ショーツの中へ自らの手を潜りこませる。

自分でも驚くほど、膣内は潤いで満ちていた。

指先が奥まで届くよう腰を浮かせ、同時に胸への愛撫を開始してしまう。

（御華ちゃん、すごい、気持ちよさそうだったよお……）

成長著しい巨大な膨らみに触れ、本能の赴くまま乳房を揉み続ける。

「気持ち、いいっ、よお……ア、あ、ン……ンンっ！　はっ、ん、む……ん、あ、はアっ、あ、ひ……い、い、あ……あアっ！」

一度火がついた肉悦の火種が体内で赤々と燃え上がってしまえば、そう簡単にかき消すことは、音子にできるはずもない。

（こんなことっ、だめなのにっ！　止まらないよお……お兄ちゃん！）

膣内に指先を挿し、鉤状に曲げ、敏感な箇所を引っかく。

膣の上部に位置する襞に指先が触れるたび、頭頂からつま先にかけ微弱な電流が走り抜けていく。

「はううっ、うウんッ！　だめっ……あっ、いっちゃううう……んッ、んアっ！　ンんっ！」

（お兄ちゃん、お兄ちゃんっ！）

心の中で繰り返し、音子は叫んでいた。

肉悦の渦に呑まれてしまわないよう、すがるように、兄を呼び続けていたのである。

「はッ、あ、う……あア、ん……は、ン……ひ、い、ン、は……はあっ、はあ……」

内側からかすかな、けれどどこか物足りない快感に、四肢を投げ出す。

（なんで、こんな……）

次第に快感の過ぎ去っていく身体には、代わりに強烈な脱力感と同時に自慰行為のむなしさが取り残されていた。

（お兄ちゃん……お兄ちゃん）

自身の愛液に濡れた手のひらを、目蓋の上にかざす。

その向こうに隠された瞳から頬にかけて、涙が伝っていった。

「うっ、う……うう」

自分が泣いている理由はわからない。

ただ溢れ出る涙を止めることができなかったのだ。

（こんなのっ、やだよお……）

悔しさと悲しさを綯《な》い交《ま》ぜにしたような不安定な気持ちを、音子は持て余していた。

（やだっ……言わなきゃっ！）

奥手な長女は拳を握りしめ、ようやく決意し、涙を拭った。

この哀しみから、一歩踏み出すために。

2 決意のパイズリ

——次の日の夜。

「お兄ちゃん、ちょっといいかな？」

「音子？　うん、いいよ……わからないところでもあったの？」

勉強熱心な長女は、英語に関して疑問点が浮かんでくると、その都度質問をしにこの部屋を訪れていたのだった。

「ううん、今日は違うの、ちょっと用があって……」

てっきり英語に関する相談かと思いきや、どうやらそうではないらしい。

見ればその手に勉強道具を持ってもいなかった。

（……ん？　どうしたんだ？）

部屋の中に入ってきた妹は、なんだかそわそわしているように見受けられる。

用があるという割にさっきからずっと、特に珍しいものがあるわけでもない殺風景なこの部屋のあちこちに視線を彷徨《さまよ》わせていたのだ。

その様子は、なにかをためらっているように見えなくもない。

よほど切り出しづらい話なのであろうか。

「……あのね」

やがて音子はベッドに膝を揃えて腰を下ろした。

「う、うん……」

それからこちらを見据えた瞳は、思わず居住まいを正して聞き入らねばと思わせる強い覚悟を秘めていたのだった。

「お兄ちゃんと……」

「う、うん……」

「御華ちゃんが、その……しているところ、見ちゃった」

「……え？　あ、え、えっと、え、う……う、うそ？」

音子が言っているのは確認するまでもなく、昨夜御華と交わした情事のことを指しているのだろう。

「うん……ほんと、実はね——」

妹の告白によれば、昨晩水を飲みにキッチンへと向かう途中で、行為中の二人の姿を覗いてしまったのだという。

「ごめんなさい……」

「いやっ、その、なんか、ごめん……えっ、ええっと、その……」

二人の間に気まずい空気が漂い始める。

慌てふためく清を前に、音子は目を伏せたまま二の句を継ぐわけでもなく、じっと黙りこんでしまった。

(どうしたらいいんだ……)

気のせいだよ——などと言って誤魔化すわけにはいかない。

真剣な表情の妹に嘘をつくなんてできるわけがないのだ。

(でも……)

一方で真実をありのままに話すのも、それはそれで気が引ける。

「——その通りです」

なにをどう言えばいいかと気を回していた清の部屋になんの前触れもなく颯爽と現れたのは、もう一人の当事者でもある末の妹御華であった。

「御華」

「御華ちゃん……」

「お姉様――」

御華はつかつかと部屋の中央へやってくると、姉に向け声高らかに宣言した。

「わたくし、お姉様の仰る通り、お兄様とセックスを致しました」

「……え」

「……あ、は、はい……はい」

あけすけな態度でそんなことを言うものだから、清も音子も瞬時に返す言葉が見つからない。

(な、なに言ってるんだ、御華……)

てっきり上手く取り繕ってもらえるのではという期待は裏切られ、それだけならまだしも、御華は事態をさらにややこしくするような一言を堂々と言ってのける。

卒倒してしまいそうなほどの焦りを感じた清は反射的に御華の顔を見つめてしまっていたが、同じく御華の視線も清を捉えていたのだった。

(……御華?)

――わたくしに、お任せください。

兄を見据える妹の瞳は、そう告げていた。

（……わかった）

だから清は黙って、この場は御華を信じることにした。

「お姉様、聞いてください……」

気を取り直し、御華は音子に向け微笑みを浮かべる。

それから御華は音子の隣に腰掛け、その手を握った。

「わたくし……お兄様のこと、本当に、本当に大好きでした」

御華の声は穏やかだった。

「でも秋女では、お兄様はモテモテですから、誰かに取られてしまうのではないかと、不安になってしまって……」

「……うん」

「すぐにでも、お兄様と——そう思いました。初めてをお兄様に捧げられて、わたくし、お兄様と一つになることができて、本当に今、幸せです」

（……ありがとう、御華……）

兄を想う妹の気持ちに、偽りはない。

それは、御華の姉である音子が誰よりも理解していた。

「お兄様はわたくしのすべてですわ……兄と妹であっても、わたくしはお兄様と繋がりたかったのです……一人の、女の子として……それでお兄様を襲ってしまいました」

「えっ！　お、襲っちゃったの!?」

「ええ……覚悟を決めていましたので、逃げられないように、腕を縛らせていただきました……それが一昨日の夜のことです」

「……一昨日」

「はい……それで、その……昨日、していたところを、お姉様に……」

「……そう、なんだ……」


御華の話を聞き届け、少なからぬ動揺を覚えた音子はそこでじっと黙ってしまった。

「……本当なら、こんなこと申しませんけど……」

そんな姉に対し、ことの次第を告げ終えたはずの御華は、なにやら魅惑的な笑みをたたえている。

「お姉様……」

「な、なに……?」

「わたくしの愛するお姉様なら……お姉様にも幸せになっていただきたくて、提案致します」

「う、うん……」

それから御華は思わず耳を疑う発言をするのだった。

「——お姉様も一緒に、お兄様とセックス致しましょう！」

「……へ？」

「……え？」

予想だにしていなかった御華の一言に、二人揃って唖然としてしまう。

「いや、その、御華、それは……第一、音子の意志というか……」

清はかぶりを振るが、御華はまったく意に介さない。

「あら？　なにを仰いますかお兄様？　わたくしとともにお姉様も、お兄様をお慕いしていますわ……少なくともそこは、間違いないはずですわ」

「え……？」

「そうですよね、お姉様？」

「……うん」

そこですんなり音子が頷いてしまうものだから、戸惑いは清一人が独占させられる羽目となった。

「ほ、ほんと、なのか……？」

「うん……」

突然の告白を受け、清は目を白黒させるばかり。

「わたし、お兄ちゃんのこと……す、好き……大好き」

（……うそ？）

音子は自他ともに認める奥手な性格のため、異性に想いを告げる姿など想像できなかったのである。

「お兄様が鈍感なだけですわ」

「……ううっ、それは……」

しかも、その相手がよもや自分になろうとは——清は今、なにがどうなっているのか理解が追いつかない。

御華の言う通り、自分は鈍感なのだろう。

ただ、どうしても兄妹の関係だから、御華にしても音子にしても妹が自分に対して抱く感情は、恋愛のそれとは別の次元に位置しているものとばかり思いこんでいたのである。

「ふふ、お兄様、男女が愛し合うのに、理由なんていりませんわ、さあ——」

そう言うと、御華は突如として服を脱ぎ始めてしまう。

「御華、なにを……」

「なにって、それはもちろん——」

すでに下着は身につけていない。

どうやら初めからこの展開へ向かうつもりでいたようだ。

「愛し合う男女が夜中にすることなんて、セックス以外にありませんわ」

身につけていたものをすべて脱ぎ去ってしまうと——「神の奇跡」と謳われる妹の裸身が姿を現した。

「ふふ、お兄様、どうですか?」

「それは、その……」

改めて非の打ちどころのない総身に見惚れてしまいそうになるが、突然裸になった御華を前にうろたえる方が先であった。

「すごく……きれい、だけど……」

「うふっ、うれしいっ……さあ、お姉様も」

御華は姉をエスコートすべく背中に回り、その両肩に手を添えた。

「わたくしがサポート致しますわ」

「う、うん……」

御華に唆《そそのか》される音子であったが、案外乗り気なようだ。

「ん……と」

身につけていたトレーナーを脱いでしまうと、豊かに膨らんだ二つの乳房を支えているブラジャーがあらわになる。

薄い青色の下着は、豊満な果実を受け止め深い谷間を作り上げていた。

「……恥ずかしいよお」

胸の下で左右の肘を抱くように恥じらう姿が、吾妹ながら実にかわいらしい。

下着が幾分か小さいようで、ほんの少しずれてしまえば乳輪が見えてしまいそうになっている。

「お姉様——こんな邪魔なもの、必要ありませんわ」

「わっ、あ、御華ちゃん……ひゃっ！」

御華は勝手に、背中で留められているブラジャーのホックをはずしてしまった。

「……あうう」

御華に勝るとも劣らない音子の果肉が、ブラジャーの支えをなくし前面に弾き出されてくる。

（うわっ、すごい……）

きめ細かな肌に覆われた膨らみは、美麗な柔丘を築き上げている。

その中央には淡いピンクに色づいた乳頭が、ピンと天井を向いているのだった。

「うう、お兄ちゃん……そんなっ、見ちゃだめだよお……」

清の熱視線を受けることで湧き起こる羞恥心に、音子は肢体を赤く染め上げている。

それでもいやと言わないのは、昨夜二人が身体を重ね合う姿を見たときから好奇心が湧き起こっているからかもしれない。

「ふふ、お兄様も、脱いでくださいまし」

「……そ、そうだよお、音子たちだけなんて、ずるいよお……」

半裸状態の妹たちに挟まれ、服をつかまれてしまう。

「わっ、ちょ、ちょっと、待ってくれ！」


全裸にされた清は、そのまま妹たち二人に押し倒されてしまった。

「さあ、お姉様……一緒にお兄様を気持ちよくして差し上げましょうっ！」

「う、うん……」

左右から裸の妹たちが、両膝を立てたまま近づいてきた。

なにをする気なのかと思っていると――。

「うあアッ！」

肉棒が露見された清の股間に身体を寄せた二人は、おもむろにその柔肉を押しつけてきたのである。

「んっ、ん……うふっ、お兄様、失礼いたしますわ」

「あ、うう……ん、ふ……お、お願い、します……」

計四つの乳房が清の肉根を呑みこんでしまった。

肉棒を中心にして、姉妹の柔丘が重なり合う。

二人の豊満な果実に温められ、早くも海綿体へ血液の収束が始まってしまう。

「くっ、う……やば、い……」

その衝撃は、言葉では到底言い尽くせない。

(これは、反則だろ……)

清の両目には、姉妹の双乳が屹立を挟みこんでいる光景が映し出されている。

爆乳と称して差し支えない柔肉を有する二人が、揃って自分の股間に身を寄せ、パイズリ奉仕に従事してくれているのである。

「あんっ……お兄様オチ×ポと、また会えましたわ……どうです、お兄様?」

「んっ、ン、ん……これで、いいの……かな?　ん、ン……」

巨大な乳房を下から支えるようにして、二人が左右から肉柱を包みこむ。

(……すごい、きもち、いい……)

柔和でありながら弾力を兼ね備えた胸肉に挟まれると、快感がじんわりと浸透していくような、同時に宙に浮いていくような心地よさが全身に伝わっていく。

ぶつかり合う柔胸の狭間で、早くも肉柱が脈打ち始める。

「ふっ、ンっ……んっ、んっ……おち×ちん、熱いですわ……」

「ほんと、だね……ん、むっ、ン、んっ……やけど、しちゃうよお……」

左右二つの乳房を同時に、あるいは交互に動かして二人は肉竿を搾り上げていく。

「お姉様のおっぱい、柔らかいですわ……んっ、ン……んっ」

「ン……ん、ふあ、ん……御華ちゃんだって、すごい、すべすべだよお……」

妹たちはそんな会話を交わしながら、肉竿への奉仕を行っていく。

滑らかな四つのおっぱいに包まれ、肉棒は唸りを上げるように脈動し、すでに限界近くまで肥大化を進めてしまう。

「ふっ、ン……んっ、んっ……ふふっ、お兄様も、気持ちよさそう……」

「うっ、ん、ン……ううっ、どんどん、おっきくなるね……」

瞬く間に清の肉柱はその姿を凶器に変えてしまったのだ。

凶悪な外見をした肉根を、しかし二人は丁寧に胸で愛撫してくれている。

お互いの乳房がぶつかり合い、肉棒の周囲を蠢いている。

押し寄せる柔肌の荒波が、肉棒もろとも清の快感を呑みこんでしまう。

(こんなんじゃ、すぐに、出ちゃうよ……)

怒濤《どとう》の攻めを前にできることなど知れている。

ただ歯を食いしばって、清はこの攻めに耐えるばかりだ。

「ン、ふっ、んう……苦しそう、ですわ……よしよし、いい子いい子ですわ……」

「もっと、気持ちよくなってね……ふ、う……あついっ、よお……ん、んっ、ン」

御華はともかく、音子はパイズリなどおそらく初めての経験だろう。

末の妹に比べれば、やはりどこか戸惑いがあるように思われる。

だがなんとか気持ちよくしてあげたいという思いが、不慣れだからこそストレートに伝わってくる、献身的な愛撫を施してくれていた。

「ン……ん、ン……お兄様、すごいっ、おっきくって、挟めなくなってしまいそう」

「ふうっ、ン、ん……こう、かな……？　んっ、ふ……」

見よう見まねで奉仕を行っていた音子であるが、徐々にコツをつかんだのかもしれない。

乳房の動きがだんだんと迷いなくスムーズになっていたのである。

（気持ちいい……）

それに伴い肉棒を這い上げる快感も、体内でより輪郭のはっきりしたものへ変わる。

「わたくしは、お兄様の精液、お待ちしていますわ……ン、ん……」

「ふ、んっ……お兄ちゃん、我慢、しないで、ね……」

同年代の平均を軽々越えた二人の双乳がのしかかり、肉茎を覆い隠してしまう。

その迫力に、頭がくらくらしてしまいそうだった。

「んっ、あ……すごいっ、お兄様、まだまだ、大きくなりますわ……あんっ！」

「ふあっ……びくびくって、してるよお……ん、ン……ふうっ、ん、ン……」

肉棒を左右から押し詰めるようにして挟み合う二人の柔肉。

四つのおっぱいの中心に位置している肉棒は、その先端を赤く腫れ上がらせている。

(これ、やばい……どんどん気持ちよくなる)

二人とも規格外のバストを有しているだけに、それが合わさったダブルパイズリは、とてつもない快感を運びこんでくると言えよう。

二人の乳房が、肉根を呑みこんで放さないまま、それぞれ擦れ合っていく。

「ビクビクオチ×チン、すっごくっ、かたいですわ……ンあっ、ン……んっ」

「ん、ンっ、う……ふう、ンく……お、お兄ちゃん、ど、どうかな……？　その、き、きもち、よく、なってくれてる？　御華ちゃん、みたいに、上手く、ないけど……」

唐突に音子が不安そうな面持ちで尋ねてくる。

だが心配には及ばない。

「うふ、お姉様、心配、いりませんわ……ほら、お兄様のココから、たくさんエッチなお汁が湧き出していますす……」

御華の言葉通り、股間のイチモツからはすでに大量の我慢汁が溢れ始めている。

「これは、お兄様が感じてくださっている証拠ですわ」

気持ちよくなければこんな風に、肉棒が様変わりしてしまうわけがないのだ。

「ほんと……？」

「ええ」

「……よかったあ」

音子は御華の言葉を聞いて、少なからず自信を抱いたようだ。

胸の動きに力が宿る。

「んっ、ン……うふ、さすがは、お姉様ですわ……上手です、ン、ふ……」

「ン、ん……御華ちゃんも、すご、いね……」

妹たち二人の爆乳が、肉棒を挟んでせめぎ合う。

清の屹立は、文字通り、揉みくちゃにされてしまっていた。

「ン……ん、ん……さあ、お兄様、わたくしたちは、いつでも、構いませんわ……」

「お兄ちゃん、我慢、したら、いやだよ……ふ、う、ン……」

(そんなこと、言われなくても、もう、我慢できない、かも……)

重量のある乳房が下腹部に被さり、清の肉直はなおも膨張の途をたどり続ける。

清の股間は細かな振動を繰り返し、射精が寸前に迫っていることを知らせる。

興奮のあまり肉茎は先走り汁を止めどなく溢れさせ、姉妹の美乳をはしたなく汚してしまっている。

「ん、あふっ、ン……もうっ、そろそろですわね、うふ……ンっ、ン……ん」

「あ、んっ……ん、ふ……ン、ん……お兄ちゃん、出ちゃうの……?」

縦横無尽に姿を変えていく柔肌と、そこに聳《そび》える巨大な屹立。

その光景は、絶景というより他にない。

やがて御華が兄清のペニスへ舌を伸ばし始める。

「レロ、くちゅ……ちゅぶ、さあ、お兄様、チュ、く……んぷ、ちゅ、む……」

それを見た音子も、御華の真似をして舌を差し向けていく。

「ん……れろ、ちゅ……少し、苦い、かも……ン、ちゅ……れ、ろ、くちゅ……ン」

胸から亀頭だけ顔を覗かせた肉塊に向け、唾液を絡めていく姉妹。

たわわな柔肌に包まれたまま、フェラチオまで施されてしまう。

二人の唾液とカウパーの混ざり合った先端は、そこだけ異様なほどの高熱を宿している。

「それはっ、やば、い……」

「ちゅく、ぷ、ちゅ……お兄様、出してください……ちゅ、ぷ、れろ……」

「れ、ろ、ちゅ、く、ぷちゅ……お兄ちゃん、いいよ……ン、む、ちゅ……」

ざらざらした舌が敏感な亀頭と擦れていく。

その感触に、愉悦を乗せた一筋の波が背中を駆け抜けていく。

股間のイチモツは、胸に挟まれた状態のまま自身の意思とは関係なく脈動を重ねていた。

「もうっ、ほんとっ、にっ！　う……っ！」

清の剛直は着実に射精へと肉薄する。

射精まで、もはやいくばくの猶予も残されていない。

清の限界を悟った二人は、揃ってラストスパートをかける。

「ちゅ、く……んぷ、ン、ふ……いつでも、お兄様のお好きな、とき、に……」

「はむっ……ンふ、ちゅ……ぶ、じゅ……ふあ、ン……お兄ちゃん、早くぅ……」

肉棒を通じて魂まで引き抜いてしまうかのように、上下に擦り上げる。

舌は常時亀頭に触れたまま乳房を動かす形で奉仕を施していく。

熱い舌の感触に先端を、なめらかな胸には竿から根元にかけ丁寧に擦り上げられる。

屹立を呑みこんだ乳房は、先端に位置する乳頭をはじめ、赤く色づいている。

しかも姉妹のそこは普段より大きさも硬さも増しているようだ。

どうやら興奮の渦中にいるのは、清だけではないらしい。

「あ、ん……ぴちゅ、ぷ……プ、ん……あン、ふうっ、ン……お兄様、さあっ！」

「ン、は……む、ちゅ……ちゅ、ぷ……くちゅ、ぷ、ちゅ……お兄ちゃん、出してっ！」

「うっ！　だめだっ！」

そして、天井へ向け反り返った怒張が雄叫びを上げる。

「うっ、う、ヤバいっ！　うあっ——出るッ！」

清はついに、興奮の滾りを爆発させた。

「きゃ！」

「ひゃうっ！」

溜まりに溜まった精液が、妹たちの顔めがけ吐き出されていく。

その勢いは一向に収まる気配を見せず、白色の飛沫がひたすら姉妹の身体に飛び散っていく。

「すごいっ……お兄様の精液、たくさん出てますわ」

「お兄ちゃんっ、すごいよお……いっぱいだよお」

ようやくのことで射精の済んだ清の眼前には、大量の雄汁をその顔と美乳に浴びることとなった姉妹の姿が広がっていたのだった。

3　お兄ちゃんだけだよ

「お兄ちゃん……うう」

内腿を擦り合わせ、音子は射精後のペニスを見つめたままだ。

彼女がなにを言いたいのか、いやというほどわからされてしまう視線である。

「うふっ、お姉様ったら……お兄様と一つになりたいんですわね」

御華はその隣で兄と姉を交互に見ながらくすくす笑っている。

「音子は、その……いい、のか……」

「も、もちろん！　お、お兄ちゃん、お願いします……」

緊張の色が褪せてはいないが、音子の意思は揺るぎない。

「うふ、お兄様、愚問ですわ……ねえ、お姉様」

「うん……」

御華の言う通り――確かに愚問である。

清とてここまできてやらないと言われたくはなかった。

「わたしにも……して、ください……」

清ははじめ、御華が強引に音子を巻きこんだような格好になり後ろめたい気持ちを抱いていたが、音子の口から発せられたその言葉と誘うように揺れる巨乳を前にして理性を保つことができなかった。

「きゃっ！」

巨大なお椀をひっくり返したように形のよい膨らみ。

その頂点に、通常より幾分か大きさを増した突起が位置している。

「おっきいね……ちゅ」

「あっ、ン！　んふうっ、んっ！」

清はまずそこへ唇を寄せる。

「ふあっ、あ……おにい、ちゃ、んん！」

清の舌先が乳房に触れた瞬間、音子が嬌声を上げた。

おっとりした印象を周囲に与える外見と、その外見通りの性格をした長女からは聞いたこともない蜜に浸った声だった。

「ひうっ、くすぐったい、よお……ンンっ、はっ、うう、あアっ……ひっ、んッ！」

「うふ、お兄様ったら大胆ですわ」

清は御華の見ている前で、音子の柔肉にしゃぶりつく。

「ちゅ、む……」

「ンっ、あ！　あ……やあ、あ……ン、うう……ひいっ、お兄ちゃん、そんなっ、舐めちゃっ、だめっ……だめだよおっ！」

そのまま舌を動かし、双丘全域を舐め上げていく。

形のよい乳房は舌が軽く触れただけで即座にその姿を変えてしまう。

「音子のおっぱい、すごい柔らかいよ」

「知らないっ、よおっ……あっ、お兄ちゃ、ン……わかんない、よおっ……ひっ、ン、んん……うっ、ふ、ンうう……あっ、う、くっ、フ……」

乳輪に沿って舌を這わせ、膨らみを満遍なく唾液で塗りつぶしていく。

荒々しく這い回る舌の感触に、音子は身をよじらせていた。

「ひあっ、そ、そん、な……あっ、ん、へ、んだ、よお……あっ、おっぱい、舐めてもらえてっ……ふっ、ひ、い……身体が、熱くって……ああンっ！」

「……お姉様、わたくしも、お手伝いさせていただきますね」

「えっ？　御華ちゃん、なに……ひゃああっ!?」

静観を決めこんだものとばかりに見えた三女の御華が、おもむろに後ろから姉の身体を押さえ、晒されていた首筋を舐め始めたのである。

「ふえっ、そんなッ!?　ああっ!?」

「レロ、ちゅ……れ、ろ、ちゅ……」

乳白色の肌に包まれていたはずの肢体が、淡い朱色に彩られていく。

「ひいっ！　いっ、あ、御華ちゃんまでっ……ンン！　だめ、だ、よお……うっ、う、ふ、く、う……そんなっ、ああっ、だめええっ！」

御華は姉のうなじから肩にかけてのラインを執拗に舐め回していく。

熱を孕んだ舌からの刺激を受け、音子の身体は小刻みに震えていた。

「んふっ、お姉様の身体、すごくきれいですわ……レロ、ちゅ……」

一方で清の愛撫も休むことはない。

御華の攻めに負けず劣らず、音子の興奮を高ぶらせる。

「ちゅ……ぷ、レロ……」

清はきめ細かな肌に覆われた乳房を口に含み、舌先を動かす。

「ひあっ、らっ、あ……いヒっ！　おっぱい……なめられちゃってるうっ、あ、ン、イヤぁあ！　こんなっ、気持ちっ、いいっのおお……っ！」

次第に肥大、そして硬化していた乳首は舌技の餌食となってしまう。

小豆大に膨らんだ乳頭を口腔に含み、吸い上げる。

舌の表面をスライドさせ、柔肉を磨いていく。

「ヒっ、んふうっ！　ン……二人ともっ、やめてええっ……ンひ、そうじゃ、ないとおおっ……すごい、へんにっ、なっちゃ、あ、いひいっ！」

肥大した乳頭を歯と歯で甘嚙みしてしまう。

投げ出された手足は暗闇の中を彷徨うがごとく落ち着いていられない。

音子の肢体はそうして熱を放ち、甘い声音を部屋中に漂わせてしまう。

「うふっ、お姉様のお身体、ふわふわしていますわ……」

御華は身悶える音子の身体に両手を這わせ、優しく愛撫を施していた。

御華なりに姉の緊張を和らげようという狙いなのだ。

「ひゃ！　あうっ！　み、けちゃ、ん……ほんとにっ、だめだよお、そんなっ、に、いっしょうけんめいっ、さわっちゃ、だめええっ！」

清に乳房を舐められ、御華には身体のあらゆる個所へボディタッチを繰り返され、辱められる。

「……お姉様ったら、初々しいですわ……」

性技の経験が乏しい少女には、いささか刺激が強すぎるようだ。

「気持ちいいんですね……れろ、れろ、ン、ちゅ……」

「いやあっ！　ああっ……だってっ、こんなっ、はじめてでっ……でも、きもちっ、よくなっちゃってるのおおっ！」

首筋から背中を攻めていた御華の舌は、音子の耳へと狙いを変えた。

耳たぶを軽く噛んでみたり、または舌を尖らせ中へと挿しこんでみたり。

耳のあらゆる個所を舌で撫でさするのであった。

「ひいっ！　そんなっ、だめえっ……いっ、ああ、ンん！　かんじゃっ、いやああっ！」

「ン、れろ……んふっ、お姉様のお耳……ちゅ、柔らかいですわ……」

「御華ちゃ、んっ！　そんなっ、あっ、う、うう……ふああっ、ああン！」

「……音子、こっちも……」

御華が姉の身体をもてあそぶうちに、清は音子の脚を開かせ、水色のショーツも取り去ってしまった。

恥丘に沿って並んだ産毛と、その先にある媚裂がヴェールを脱ぐ。

「あっ、おにい、ちゃ、ン……だめ、だよお……はずか、しい、か、らあ……」

自身の秘めた箇所を晒された音子は、羞恥に頬を染める。

すでに充分潤いを帯びていた秘唇に顔を近づけた清は、敏感なクリトリスを舌先でいじり、上下に弾く。

「ふ、い、あ……あっ、お兄ちゃん、そこっ、はうう！　らめ、だよおお！　おにい、ちゃ、ン……んん！　そこはっ、びっくり、しちゃ、あ、ううンっ！」

陰唇を撫でるようにして舌を動かす。

膣の入り口を上下左右満遍なく舐め尽してしまう。

蜜壺からは次第に淫汁が噴出し、清はそれを最後の一滴まで舐め取ろうとする。

愛液の浸み出した恥丘は、秘毛と絡み淫臭を放つ。

サーモンピンクに色づいたラビアの表面に、清は唾液粘膜を絡めていく。

「お兄ちゃん、なめちゃ、あううっ……気持ちっ、よすぎてっ！　だめだからあっ！　ひっ、アア、ン、はうっ、あ、うう……」

「れろ、ちゅ……お姉様、お身体、熱くなっていますわ……ちゅ、ちゅ、れろ、んふ、ちゅ、く……」

下腹部をいじる兄の代わりに、御華は音子の両胸にまで攻めの照準を拡大してしまった。

「やぁっ！　御華ちゃ、ん……だめっ！　おか、しく、なっちゃってるのおっ！　あ、うう……ひっ、うう、ほんとにっ、やめてぇえっ！」

御華の手のひらが、姉の双乳を覆い隠す。

あまり力を入れず、ゆっくりと全体を揉み上げ、中央に位置する乳頭は最後にこねくり回す。

姉妹にしかできない絶妙な力加減で、御華は姉の身体を快感の最果てへと追い詰めていく。

「はあっ、ン……お姉様のお身体、ずっと触って差し上げたいですわ」

味わったことのない愛撫の連鎖に、音子は抜け出すことが叶わず、愉悦に喘ぐ淫らな響きを室内にとどろかせてしまう。

「ひ、や、あ、だめ、みけ、ちゃ、あ……ン、ゆるしてぇ……」

清は音子の恥裂から止めどなく溢れ出る恥汁へ舌を伸ばし続ける。

舌を器用に折り曲げ、蜜味の雫を丁寧に汲み取っていく。

口腔には、音子の快感を凝縮したような甘い香りが広がっていった。

「すごいね、音子」

舐めても舐めても秘芯から湧き出してきてしまう蜜液を前に、清は驚きを隠せない。

楚々とした印象の強い長女が、肉悦に悶える姿を目の当たりにするとは、未だに信じられないのである。

「どんどん溢れてくるよ」

そんな感想を漏らす兄を前に、音子はその肌を真っ赤に染めて、羞恥に耐える。

「いやあっ！　ひどいよお……そんなこと、いわないでぇえ！」

「ふふ、お姉様ったら、感じていらっしゃるんですか？　ここ、おっきくなっていますわ……うふ、いじって差し上げましょうか？」

御華がそう言ってみせたのは、中心に位置する一際敏感なスイッチに触れたとき。

先ほど散々清に攻められていた乳頭は、御華の攻めにより再度格好の的にされてしまうのだった。

「にゃああっ！　だめええっ！　みけ、ちゃ、あ……んんっ！　はっ、ふ、ひ……い、あ、ああッ……ちくびっ、ばっかり、いじっちゃ……ふるえてっ、きちゃうう……」

御華が先端突起を攻める間に、清はクリトリスを舌先で転がしている。

「あっ、ふあっ、ンんッン！　そこっ、いじられるのっ、はじめてっ、なのにっ、すきにっ、なっちゃううっ……くっ、ひ、い……いいっ！」

包皮を剝いて舌で直接触れてみると、音子が一際高いトーンの声を上げた。

清は無論止めるわけはなく、一段と熱を帯びたクンニリングスを施していく。

「あっ、ひうっ！　んひっ、い……ひっ、ン！　あン！　おにい、ちゃ、そこ、なめ、る、のっ……きもち、いっ、ひ、いい！　だめ、ええ！　きちゃうう！」

左右に割れた貝殻を、舌の先で擦り続ける。

音子の心臓は早い鼓動を刻み、絶頂が目と鼻の先に迫っていることを告げていた。

「うふっ、お姉様がこんなに感じやすいなんて、知りませんでしたわ」

御華の愛撫だけならまだしも、清によって施される媚唇への舌技を受けてはどうすることもできない。

清は膣内に舌先を挿しこんで出し入れをしつつ、入り口付近を舐め続ける。

膣内に侵入した舌先は、可能な限り奥まで膣道を這い回る。

そして――。

「ふあっ、へん、に、なっ、あ……あっ、だめっ！　くるうっ！　ふああう！　ひあンっ！　ンン！」

二人の愛撫に耐えきれるわけもなく、音子はついにアクメを迎えてしまうのだった。

兄と妹に見守られながら、音子はオルガスムスの快楽にその身を漂わせていた。

（すごいよお……）

自分の身になにが降りかかったのか、まだはっきりとはわかっていない。

ただ猛烈な快感が全身を呑みこんでいったかと思えば——まるで人に操られでもしたかのように、身体が言うことを聞かなくなってしまったのだ。

昨晩の自慰行為とは比較にならない高揚感に、身体の芯が震えてしまう。

（……こんなの、知らなかったよお）

せつなげな吐息を繰り返しながら平静を保とうとするが、一度火がついた身体からそう簡単に熱が冷めていくわけもない。

気がつけば愛しい兄の肉竿に目を奪われてしまっていた。

「はっ、あ……い、ひ、い……あ、お兄ちゃん……」

絶頂の余韻に包まれていたい——そう思う一方で、このさらに上をいく快感が待っていることを、音子の本能は理解していた。

（もっと……したいよお）

音子の本心はそれを渇望している。

だからこのまま、快楽を貪る本能に従うことにしたのだった。

「お姉様、気持ちよさそう……」

御華はうっとりとした表情で、絶頂へと昇りつめた姉の表情を見つめている。

清はというと、同じく音子の裸身へ視線が縫いつけられてしまっていた。

我慢できないのは、兄も同じでいてくれているようだ。

見ればそそり立つ股間のイチモツは、射精を果たす寸前と同じかそれ以上に巨大な高峰と化しているのがわかる。

(お兄ちゃん……)

妹は兄の胸中を察し、寝そべったまま視線のサインを送った。

この先に待つ快感に向け、清に手を引いてもらいたいのである。

「音子……その、いい、かな……?」

一線を越える直前、兄が心配そうな顔つきで覗きこんでくる。

「うん……」

(お兄ちゃん、ありがとう……)

結合の過程に立ちはだかる激痛のことを慮ってのことだろう。

兄が心配してくれるのはとてもうれしい。

だが同時に、早くその瞬間を迎えたくて鼓動が高鳴りを告げている。

「……大丈夫」

覚悟は決めた——。

清の瞳に、力強く頷いた音子の姿が映った。

「わかった……」

清は肉棒の根元を支え、音子にそのおぞましくも思える姿を改めて見せつける。

ズボンのどこに収まるのか不思議に思えてしまうほどの大きさを誇るペニスを目の当たりにし、一瞬音子は萎縮してしまいそうになった。

（おっきい……入るの、かな……）

兄と性交渉に至るとは、あの巨大な肉斧を自身の内側に迎え入れることを意味する。

見た目が想像していた以上にグロテスクであるため、尻込みしてしまいそうになったのは事実だ。

（でも……）

だがなぜだろうか——兄の肉茎を見ているだけで、不思議と身体の深奥に疼きを覚えてしまうのである。

これまでの人生で感じた経験のない興奮が、音子の身体にこみ上げてきていたのだった。

「念のためにきくけど、その……初めて、だよな……？」

「……うん」

兄がそう尋ねたのは、乱暴な挿入で膣をいたずらに傷つけてしまわないようにという配慮からであろう。

「お兄ちゃん以外と、こんなこと、しないよ……」

それは、音子の本心だった。

音子が見つめていたのは、昔から清だけなのだ。

兄以外の男性となんて、絶対にしたくない。

音子が胸の内を晒すと、珍しく清は顔を真っ赤にして俯いてしまった。

「くす……お兄ちゃん、きて……」

音子は笑って、兄を迎え入れるべく脚を開いた。

4 ロストバージン

「ん、ん……あ、あう、うう……」

赤く腫れあがったペニスが、音子の膣口に触れた。

見た目からは想像もつかない高熱を放ち、先端からは透明な液体が滲み出している。

「ふっ、あ……ああ、あ……あたってるよお、あ……ひっ、う、うう……ひあ、あ、き、ちゃ、う、う……」

肉茎の根元を支えた清が狙いを定め、秘芯の奥へ向け、ゆっくりと腰を前に突き出してくる。

「ン、う、ひ、い、あ……く、る、よ、おお……ひい、ん、い、あ……」

シャフトに比べ一回り大きな亀頭が、膣内へ侵入してきた。

途端に自分の意思とは関係なく、肉棒の周囲を膣肉が取り囲み始めたのである。

「あ……く、るっ、うう……きちゃっ、てる、うう……うっ、くる、し、い……」

熱棒が体内にめりこんでいく。

異物を感知した秘洞は、懸命にその侵入を拒むべく抵抗を見せていた。

すなわち、肉棒を強烈な力で締め上げているのである。

「うっ、くっ……きつい、う……」

押し返そうとする膣壁の威力に耐えながら、少しずつ肉銛は最奥へ向け捻じこまれていく。

「はっ、く、うう……ぐ、ぐ、うう……い、ひ！　あ……あっ、あ、は……ああン！」

音子はその間、生傷をヤスリで削られるような痛みに襲われ続けていた。

（痛いよお……）

初めてのときは痛みを伴うと、聞いてはいた。

けれどまさかこれほどの激痛とは、想像だにしていなかったのである。

膣道を突き進む肉根は、鋭利な刃物とさして変わらない。

（でも、我慢、しなきゃ……！）

だが、この痛みこそ兄と結合していく過程に立ち現われる痛みなのだ。

逆に兄と繋がれなければこの痛みは感受できなかったはず――。

そう思えば、少しくらい我慢しなくてはならない。

もう二度と味わうことのできない、愛しむべき痛みであるからだ。

「あそこ、にっ……お兄ちゃん、きてるう……あっ、う、ぐ、い……ひあ、あ……く、う、くるし、いぃ……」

歪な形をした太い幹に薔薇の棘を巻きつけたような肉塊が、体内の奥底へ向かい着々と侵略を進めてきている。

痛みに伴い、内臓を押し上げるような強い力に襲われてもいた。

「お兄ちゃんが、入ってくるう……くうっ、ン、あ……はっ、う、い、ひ……いふっ、う、ふう、きてっ……お兄ちゃん、奥までっ、きてえぇ……っ！」

身体の内側を圧迫し続ける肉槍は、ミチミチと膣壁を引き裂くようにして、子宮口へと迫る。

（……もう、全部入ったかな……？）

膣壁に襲いくる激しい痛みからして、挿入はとうに過ぎ去ったものと音子は認識していた。

「お……おにい、ちゃん……今、どのくらい、ですか……？」

激痛に表情を歪め、音子は尋ねる。

恐れを抱いてしまっていた少女の声は震えていた。

「まだ、半分も、いってない……」

「……え⁉」

(そんな⁉　こんなに痛いのに……)

兄の言う通り、肉棒の根元はまだはっきりと見えている。

それなのにこの信じがたい激痛と圧迫感が全身を貫いているのだ。

であれば果たしてこの先にどれほどの苦しみが待ち受けているのだろうか。

想像するだけで背筋が寒くなってしまう。

(怖いよお……)

恐怖のあまり清の身体をぎゅっと抱きしめる音子。

するとなぜかはわからないが、幾分か痛みが引いてくれたような気がした。

「音子……」

兄は優しく髪の毛を撫でてくれた。

温かいその手つきは、他のなによりも音子に安心を届けてくれる。

「お兄ちゃん……あっ、ん、ン……オチ×チンが、ああっ……くるよおおっ！」

再度肉鈷が締めつけを突き破り、その進行がいったん止んだかと思えば——すぐに一際強烈な痛みが舞い降りてくる。

処女膜へと、先端が到達したようだ。

「……いくよ」

清は休む間もなく腰の辺りに力を乗せる。

一息に純潔の砦を突き破るつもりらしい。

音子はぎゅっと唇を引き締めた。

「はっ、あ、はあっ……うん、お願いします」

破瓜への恐怖心がないわけではない。

ただ、一瞬でも早く兄の分身を自身の奥へ迎え入れたいという強い想いが、音子の恐れに霞を掛けてくれていた。

「はっ、あ、ふ、う……あっ、い……」

身を固くしたままの状態で、肉槍の進行に備える。

次の瞬間――。

「ンひいっ！　あッ、いたああっ！　いたいッ！　あ、ン！　は、あ……ああっ、いたいッ！　ひあっ、あ……いああンん！」

意識が吹き飛ばされてしまいそうになるほどの鋭い痛みが、脳髄を焼いた。

「ひぎっ、いあ！　あっ、いたっ！　こんなっ、いいっ！　はっ、あう、い……いっ、い、あ……ふ、う、あ、ら、あぐ……う、う……だめっ、え、あ……いた、いいっ！」

(痛い、痛い、よお……こんな、痛すぎだよお……)

挿入に伴う痛みなど、かわいく思えてしまうほどの——まさに激痛。

喩《たと》えるなら身体を左右に引きちぎられるような痛みとでも言えよう。

言葉は悲痛な叫びと変わり、痛みは音子の瞳から容赦なく涙を溢れさせる。

(こんなに、痛いなんてえ……)

処女膜を突破した肉牙が、最奥めがけ一直線に突き進んでくる。

「から、だ……ぐ、く、い、ひっ、あ、あ……われちゃ、う、よおおっ……あぐ、ンう……ン、ぐ、あ、は、う……はっ、はいっ、て……く、るっ、うう……」

その間華を散らしたばかりの少女はただ痛みに呻くしかできない。

激痛はその威力を増し、音子の膣道を横断する。

呼吸もできないくらいの苦しみが続き、音子の手足が脈打つ。

(あっ……きてるよお)

やがて清の肉鎚が子宮口を小突いたのがわかった。

「あっ、ひっ！　んひいいン！　はっ、あ……すごっ、い、い……え、なっ、に、え、あ……」

するると、今度は猛スピードで甘い痺れが全身を駆け巡ったのである。

(なに、これ!?)

依然として鈍い痛みは続いていた。

とはいえ、顔をしかめるようなものではなくなっていた。

それは、激痛を上塗りして余りある快感が、膣内を満たしているからに他ならなかった。

痛みとそれを緩和する微弱な痺れが、互い違いに訪れているかのようであった。

「ふあっ、あ……おにいちゃ、あ、ン……どうしよおお、ンンっ……ふあっ、あ、あ、い、ひあっ、い……いきなりっ、気持ちよくっ、なっちゃったよおおっ！」

激痛と快感の入り混じる、それでいて決して不快ではない不思議な感覚に身を任せていると、兄が自身の顔を覗きこんできた。

「音子、全部入ったよ」

あれほど大きな肉幹が全部入ったなどとにわかには信じられないが、そう言われた途端下腹部へ猛烈な圧迫感が襲いかかってきた。

「お、にい、ちゃ、ん……が、ぜん、ぶ……入って、る……すごいっ、よお……」

兄の肉茎が明確な存在感を膣の内に占めている。

（お兄ちゃんの、全部入ってるんだ……）

まるで意思を持っているかのように、膣内で肉竿が暴れ回るのだ。

音子の膣肉も必死の締めつけを試みているようだが、まるで制御しきれていない。

その動きはまるで、今すぐ前後運動を開始したいという意思表示であるかのようだった。

けれど清はじっとしたまま動こうとしないでいる。

（……お兄ちゃん？）

「……おにい、ちゃん……動いて」

音子は声を振り絞り、どこか心配そうな顔つきをした清に微笑みを向けた。

兄はきっと妹のことを気遣って、じっと動かないでいてくれているのだろう。

だが、大好きな兄に我慢させたくない——それが音子のなによりの願いであった。

三姉妹の長女として、音子は文字通り、お姉ちゃんでいなければならなかった。

実の両親を亡くしたばかりの頃、まだ幼い若央と御華は今からは想像もできないくらい泣き虫でわがままだったから、新しいお父さんとお母さんを困らせたことは少なくなかった。

そのたびに、音子は長女として申し訳ない気持ちでいっぱいになった。

両親は決して自分たちを責めることはなかったが、きっと相当な苦労を掛けてしまったに違いない。

長女である自分がしっかりしなくては——お父さんとお母さんに迷惑がかかる。

新しい家族に迎え入れてもらいともに生活するようになって、姉は密かなる決意を胸に抱いていたのである。

そうやって音子は小さいときからずっと、お姉ちゃんを演じなければならなかった。だから音子は、どんなときも気丈に振る舞い続けた。

そんな心根の強い音子であるが、寂しいときはあった。

なにせ、妹たちと一つや二つ年が離れているだけで、塩原家にやってきたときは音子も幼い女の子に変わりはなかったのだ。

ときどき亡くなったお父さんやお母さんのことを思い出して、二人の妹たちが声を上げて泣くことがあった。

それを見ていると、自分もぼろぼろ涙をこぼしてしまいそうになる。

妹たちの前では決して涙を流さないと誓った姉は、歯を食いしばって涙を堪えた日もあった。

でも、どうしても我慢できないときだってある——。

そんなときは——隠れて兄のところへ向かったのだ。

兄は優しくて、妹の言うことはなんでも聞いてくれた。

苦しかったり、つらかったり、寂しかったり。

そんなときは、兄の胸を借りて思いきり泣いた。

兄はその間ずっと、黙って背中を撫でていてくれた。

温かい兄の身体に包まれていると、その内に不思議と涙も、悲しい気持ちも、そして寂しい気持ちも収まっていくのだった。

今だってそう――。

破瓜の痛みに耐えなければいけない妹の身体を、兄は優しく抱きしめてくれている。

（お兄ちゃん、ありがとお……）

三姉妹の長女である音子にとって、自分の弱さを曝け出せる相手は清しかいなかったのだ。

音子も妹たちのようにもっと甘えたかった。

というより、音子は三姉妹のなかでもっとも甘えん坊だ。

けれど、両親にはどこか遠慮してしまうところがあって、素直に甘えることはできなかった。

お姉ちゃんを演じなければならない自分が、唯一甘えることのできる存在――それが、長男である清であったのだ。

子供の頃から抱き続けていた兄を慕う気持ちは、ときが経つにつれ、恋心にその姿を変えていた。

（お兄ちゃん……好きだよお）

多分自分は表に表さないだけで、妹の御華に負けないくらい兄に恋していると思う。

けれど妹と違って「今までの関係が続けばいいな」くらいに思ってもいたのだった。

音子は清と同じように、一歩踏み出したせいで今の関係が崩れてしまうかもしれないことを恐れていたのである。

だから、兄と妹の御華が一足早くそういう関係になったと知り、羨ましくもあったし、同時に、ものすごく悔しくもあったのだ。

昔から妹たちを優先する癖がついたせいか、なにをするにも奥手な性格であると、音子は自覚している。

恋心を兄に伝えるなんて、考えもつかなかった。

昨日からずっと悩み続けていた理由も、もちろんそれだ。

でも、もう我慢しなくていい。

兄と繋がれた今、音子が望むものは一つだけ。

——兄に甘えたい。

存分に、好きなだけ。

(お兄ちゃん、大好き！)

甘えたがりな子猫はもう、迷わない。

「うっ、う、お兄ちゃん、んっ……お兄ちゃんとっ、一つにっ、なれたよお……」

逞しい身体つきの兄が、自身の内側へ入りこんでくる。

大好きな人と繋がれる幸せ――頭のてっぺんから足の指先まで快感が突き抜けていく、そんな感覚だ。

まだ痛みが完全に収まったわけではない。

だが、そんな痛みを頭の隅に追いやってしまえるほどの快感が、音子の身体に押し寄せてくる。

（すごい、よお……）

それを制止することは、音子にできるはずもない。

ともすれば愉悦の波にさらわれてしまいかねないため、音子は再度清の背中に両手両足を回し、さらなる密着を求める。

「はっ、ん、ひうっ、お兄ちゃん！　なかっ、でぇ、こすれ、てる……よおっ！　ひあっ！　ああっ、うっ、ひっ、きっ、あ……あうっ、うう！」

するとより激しく肉尖が子宮口を撃つ格好となる。

肉棒が出し入れされるたびに、くびれと膣壁が擦れ、底の知れない快感が流れこんでくる。

そのために、音子の体軀は微細な震えに蕩けてしまう。

「ふふっ、お姉様ったら、すごく気持ちよさそうにしていらっしゃる……」

妹が脇でなにか言っているようだが、言葉を返す余裕など、あるわけがない。

今は繰り出される抽送にしか意識が向いてくれないのである。

「ンひっ、あ……なかでっ、かきまわ、され、ちゃううっ！　お兄ちゃんっ、もっとついてえっ、いっぱい、してええっ！」

際限なく肥大し続ける肉棒が、音子の体内に律動を刻む。

抽送によって掘り起こされた快感は、即座に全身へ波及する。

ミルクのように白い肌に、珠の汗がいくつも浮かんでしまう。

「あっ、ぐ、うっ！　ふっ、ンっ、おにい、ちゃ……あ、おくっ！　おくのっ、とびら、にいい……あっ、たっ、てるうう！　んうっ、う、ふ……ひゃああっ！」

肥大した肉根が処女の膣内を攪拌していく。

音子の口から発せられる艶に縁取られた甘い声が、徐々にそのボリュームを増してきていた。

音子の熱い吐息が、その喘ぎ声に重なってたなびいていく。

柔肉は、ピストンの衝撃に揺れ躍り、めまぐるしく収縮する膣内に散った襞が肉筋と擦れ、音子の意識は朦朧《もうろう》としていく。

そこへ、御華の手が伸ばされた。

「さあ、お姉様、こちらも——」

「えっ……？　あっ、ンン！　みけ、ちゃ、あ、ああっ！　ンっ、ふっ、ひ、い、そんなあっ！　あうっ、やめっ、てぇ！　んひン！」

妹は姉の身体を抱えながら、その胸丘をつかんで揉み始めたのである。

やはり先ほどと同じく乳房全体を撫で回し、それから乳頭を指で弾く。

もはや姉の興奮を自由自在にコントロールできると言わんばかり——巧みな愛撫で音子の双乳を攻める。

「いやっ、あ！　みけ、ちゃ、ンンっ！　いまっ！　それっ、だめっ！　あ、あ、ん、あ、あ……」

そうすることで、肉悦へとひた走る音子の快感ゲージを加速させる。

音子はなす術なく、妹の前にすべてを曝け出す羽目になった。

「うふ、お姉様、気持ちよくなってくださいまし……」

「そんなっ、はうっ！　イヤっ、ああんっ！　きゃっ、あア！　みけ、ちゃ、あ、だめっ！　だよお……おくがっ、じんじん、しちゃ、う……かっ、らああっ！」

妹に身体を支えてもらいながら、音子は凶悪な肉槍の攻めに耐え続けなければならない。

鮮烈な刺激が音子の芯にヒビを入れ、そこから未知の衝撃が広がっていく。

止まらない肉悦に身体全体が侵食されてしまう。

「ンンっ！　はっ、う……ううっ、そんなっ、あ……ぐりぐり、きもち、いいっ、のおおっ！　おくっ、おしあげられてっ、がまんっ、できないいっ！」

清の肉幹は、膣内を拡張しながら前後運動を繰り返す。

音子独特のウェーブヘアが、抽送を追いかけるかのように跳ね回る。

「だめっ、もうっ、うっ、ふっ、だめっ！　あ……うッ、い……きちゃ、あ、う、よお……うう、ふう、ン！」

子宮口を突かれるたび、意識がはるか彼方に押し退けられるようだ。

肢体は依然小刻みな痙攣に苛まれている。

（なにか、くる、よお……）

音子ははっきりと、体内にそれとわかる兆候を感じ取った。

徐々に大きさを増していく高ぶりは、下腹部から身体の表面へと今にも飛び出そうとしている。

「ひあっ、あ、や、は、う……うひっ、ン、ン！　お兄ちゃん、だめ！　また、きちゃう！　きちゃうからああっ！」

もはや手足の感覚はなくなっている。

あるのはただ、自身の内側を叩き続ける先端の威力のみ。

「音子！　僕も、出るよっ！」

肉棒のもたらす愉悦の導きに身を任せていた音子であったが、とうとう終局を迎えることとなった。

「お願い、お兄ちゃん！　来て！　はっ、うっ、ふ……いっぱい、きてぇっ！　いっぱい、なかっ、おにいちゃんでっ、いっぱいにしてええっ！」

「くうっ、うああっ！」

暴れ狂う肉筒の捌け口から、大量のマグマがなだれこんでくる。

「ひああっ！　あついっ！　お兄ちゃん、きてるっ！　きてるよおお！　ヒっ、ん、ああ……ああう、ううン！」

高熱をまとう精液の塊は、即座に音子の膣内を埋め尽くしてしまった。

「んひいいっ！　い、あ、あ……あうっ、う、う……すごいよお、ふあっ、あ、おにいちゃ、ん……きてるよお、ふえ、あ……」

（熱いよお……）

収まりきれなかった精液が、媚芯から溢れ出してきてしまう。

（お兄ちゃん……大好き）

「あ……は、はあっ、あ、おにいちゃ、ん……あ、はあっ、はあっ……あ、う、ふ、う、ン……はあ、あ、あ……」

全身が清の熱で満たされた音子。

その感激を抱いたまま、音子は深い快楽の底へ沈んでいった。


射精を終えたばかりの清を御華はじっと見つめている。

「……御華？」

「ふふ……ふふふ、次はわたくしの番ですわね、お兄様……」

言いながらぐったりした清に御華はまたがる。

その瞳にはすでに、屹立の姿しか映されていない。

「え、おい、御華、ちょ、ちょっとまっ！　うわあ！」

どうやら夜はまだ始まったばかりのようだ。


塩原家の猫たちは深夜、庭先に集い喋喋《ちょうちょう》とおしゃべりに興じていた。

「お前んところのご主人も、したみたいにャ……」

昼夜を問わず、最近はこの手の話に首ったけである。

「うんにゃ、案ずるよりなんとやら……どうやら上手くいったようにゃ！」

しかもこの頃大きな進展があったために一段と熱を帯びてきていた。

「鳴かぬ蛍だったご主人にしては本当にがんばったにゃ！」

「うれしいのかニャ?」

「当たり前にゃ!　あんにゃに心から笑うご主人を見るのも久しぶりにゃ!」

「でか乳振って、キャンキャン喚いてたにゃあ」

「乱れまくりだったニャ」

「うにゃ……まさかご主人があんにゃにエロエロだにゃんて……」

人間にはわからない仕草で微笑む猫たち。

傍から見れば鳴いているだけにすぎないが、ネコは今声を弾ませている。

「残るは……一番やっかいだにゃ」

「……イチモツを突っこまれてよがる姿にゃんて、想像できにゃいにゃ」

「ニャにを言うんだニャ……ご主人もやればできる子ニャ!　見てるがいいにャ!」

第三話 若央のキモチ、受け取ってくれにゃい？

1 大暴露

——音子が清と繋がった日の翌朝。

リビングには清と音子、そして御華の姿があった。

「……音子、これ……すごいね」

テーブルには音子自慢の料理がずらりと並び、朝から塩原家の食卓を華やかに彩る。

「うん、頑張っちゃった……」

ほんのりと目の下に赤みが差している音子。

自慢のウエーブヘアを撫でつつ、横目で清の表情を窺う。

「どう、お兄ちゃん？」

料理の出来栄えよりも、今誉めてもらいたいのは別のことだ。

「うん、今日もきれいだ」

そう言って髪の毛を優しく梳《す》いてもらった。

期待通りの反応を返され、音子はその顔に微笑みを浮かべる。

「えへへ、ありがとう」

「うふ、お姉様、かわいらしいですわ」

「おはよー」

いつものように七時直前になると、若央がリビングへとやってきた。

「さあ、朝ご飯にしよっか」

そして、塩原家の朝食は開始される。

そのいつも通りの平穏無事な光景をぶち壊すことになる音子の仰天発言は「いただきます」と全員が声を揃えた直後のことであった。

「……あのね、若央ちゃん……」

「ん？　なに？」

一人箸を置いたままだった長女音子が、背筋を正し、膝の上に手を添えて口を開く。

「……どうしたの？」

その様子からして真面目な話と察した若央は、箸を持つ手を休め、姉の唇が動き出すのを静かに待った。

「お姉ちゃんね……」

清も御華も、音子の様子をじっと見守っている。

「うん……」

「お兄ちゃんと、エッチしたの」

「……は？」

——驚いたのは若央だけではない。

傍で聞いていた清も御華も、思わず持っていた箸を落としてしまいそうになった。

「えっ……？」

唖然としてしまうみなの前で、音子は「別に隠すことじゃないよお」と言いながら、普段通りの笑みを崩さない。

「どういうこと……」

平静を装う若央は——しかし内心かなり動揺しているに違いない。

リビングに緊張が走る。

「うんとね……」

わなわなと唇を震わせ、姉の顔を信じられないといった様子で見つめる若央に対し、音子は相変わらずの笑みを維持したまま、顎の下に指を添え、一つ一つ思い出しながら言葉を紡ぐ。

その内容は――。

昔からずっと、お兄ちゃんを好きだったこと。

二人が行為中のところを覗いてしまったこと。

昨日初体験を終えたばかりであること。

若央に対し、一通りこれまでの経緯を話し終えてしまった。

「――こんなところだよ」

音子が喋る間口を挟むことなく黙って聞いていた若央であるが、話が終わったと察するや否や、

「馬鹿じゃないの！　兄妹なのに！　お姉ちゃんの馬鹿！」

バンッと手のひらをテーブルに叩きつけ、リビングを飛び出し――そのまま一人家を出ていってしまった。

「……お姉様、どうするんですの？」

いつの間にか朝食を食べ終え、緑茶の入った湯呑に口をつける三女御華。

御華の問いに対し、長女の音子は、

「大丈夫だよ」

と笑って答えを返す。

「本当は若央ちゃんだって、きっと――だから」

勘の鋭いお姉ちゃんには、どうやらすべてがお見通しのようだった。

(なんで……っ！)

家を飛び出した若央の足は学校へと向いていた。

とにかく今は家を離れ、昨日までそうだったはずの——普段通りの日常へと戻りたかったのである。

(そんなっ、お姉ちゃんも、御華も……)

だが学校へ向かう途中、幾度となく先ほど姉の口から発せられた言葉がリピートされては若央の思考をかき乱していくのだった。

——お姉ちゃんね、お兄ちゃんと、エッチしたの。

姉は嘘をつけない性格だ。子供の頃からよく知っている。

だから兄妹で性行為に及んだという、およそありそうもない事態はきっと真実なのだろう。

(お姉ちゃんの馬鹿……なんで、なんであんなヤツなんかと……)

若央にとってはまだ、実感の湧かない話である。

女子校に通う三姉妹の中でも、おっとりした姉は色恋とは無縁の生活を送っているとばかり思っていたからだ。

そんな姉が「恋人ができた」という話をするならまだしも、いきなり性行為に及んだ——それも、ともに暮らしている兄が相手と言われては、動揺するなと言われる方が土台無理な話である。

(馬鹿、お姉ちゃんも、御華も……アイツも)

嫌悪感と苛立ちが、若央の身体に渦巻いている。

兄と妹でありながらセックスに至った——そのことに苛立ちを覚えたのは確かだ。

だが本当はもっと別の理由からこんなに腹が立つのだと、若央は気づき始めていた。

(……なんで、あたしだけ……っ!)

姉と妹が経験を済ませたという事実は——裏を返せば兄は自分だけを、そういった対象として見ていないということを意味しているのではないだろうか。

そして、今の自分は——そのことを不快に受け止めてしまっているのである。

(あの、馬鹿……ばか)

けれども、素直にそれを認めることのできない妹の若央であった。

2 そばにいたい

「塩原さん?」

「……若央、若央！」

「……へ？」

「呼ばれてるよ！」

「えっ！　あっ、はっ、はい!?」

「どうしたのですか、よそ見をして……こちらを向いてください」

「は、はい……すみません」

教師に指されても、若央は話を聞けていない。

授業はずっとこんな調子だ。今日何度このやり取りを繰り返したかわからない。

考えごとをしていたせいで、まるで授業に身が入らないのである。

「若央、どうしたの!?」

休み時間に見かねた友人が若央のもとへやってきた。

「調子悪いんじゃない？」

アスリートである若央は体調管理に人一倍気を配っているし、生まれつき身体は丈夫な方である。これまで風邪を引いたことも熱を出したことも一度としてなく、周囲に健康なイメージを与えていただけに、どうやらよほど心配を掛けてしまったらしい。

「ああ、うん、大丈夫だよ？」

「ほんとに？　ずっとぼーっとしてるからなにかあったのかなって？」

「えっ!?　そ、その……ううん、なんでもないよ」

自分の内にだけ留めておくには話が大きすぎるが、だからといって他人に打ち明けてどうこうなるような問題でもない。

(姉と妹が兄とエッチしちゃって悩んでるなんて、言えるわけないよね……)

そもそもとても人に話せるような内容ではないのだ。

「ならいいけど……気分悪くなったら保健室行きなよ」

「うん……ありがとう」

愛想笑いを浮かべるのさえ、なんだか疲れてしまう。

(はあ……)

授業に身が入らない原因は、自分が一番よくわかっている。

若央は今朝からずっと、清のことばかり考えてしまっていたのだ。

(……にーに)

思春期のただ中にいる若央は、清のことを最近「アンタ」か「ねえ」と呼ぶだけで「お兄ちゃん」とか「兄さん」などと呼ぶことはしない――というよりできないのだ。

その理由はなんとなく、くすぐったいというか――この得体の知れない感情は、恥ずかしさにもっともよく似ている。

兄のことを「お兄ちゃん」と呼ぶ自分を想像するだけで、首筋が寒くなって我慢できなくなってしまうのだ。

だから誰にも聞かれることない心の内側で清を呼ぶときは、昔からの呼び名である。

若央にとって清は「お兄ちゃん」というよりいつまでも「にーに」であるのだ。

この呼び方が若央にとってもっともしっくりくるのだが、先の二つと同じくやはり恥ずかしさが残るから、二人きりでいるときでさえ、そう言って呼び掛けることはできないのだけれど。


今朝の衝撃以来、無理して意識しないように努めてきた清への想いが、これまでの反動もあって、若央の心底から溢れ返ってきていた。

それをなんとか処理しようとするものの、上手くいかない。

なぜなら――理由は簡単だ。

若央は昔から、清のことが大好きだったのだ。

表面上は盾突こうとも、本心から清を毛嫌いしているわけではない。

兄を前にすると、どうしてもわがままな自分になってしまうだけ。

わがままな自分でいたくなるのだ。

――まるで飼っている愛猫ニャオのようにである。

(はあ……)

若央の心中には、清を愛しく思う自分自身を認めたくないという思いがある。若央という女の子はいつの頃からか、兄を好きになるなんておかしいと思いなすようになっていたのだ。それが今日まで尾を引いているわけであるが——やはり好きという思いを押し隠すことは難しい。

こうして、若央の意識は否が応でも清へと向いてしまう。

授業はすべて上の空。ぼーっとして、昼休みを迎えても、結局食事は喉を通らないのだった。

（お腹すいたなあ……）

——午後最初の授業が始まった。

教科は体育で、内容はよりによって長距離走。

お昼ご飯を抜いてしまっていた若央は、朝も家を飛び出してきてしまったので、結局この時間に至るまでなにも食べることができていない。お腹は空いていたのだが、ご飯を食べたいという気にはどうしてもならなかったのである。

（うう、なんだか気分が悪くなってきたなあ……）

食事を抜いてしまってはどうなるか——アスリートとして、食生活に気を遣っている若央は当然のように理解している。

（無理やりにでもなにか食べておけばよかったかも……）

準備体操でグラウンドを一周した段階から身体の異変を感じ取っていたが、変なところで真面目な彼女は自ら不調を申告するようなことはしなかったのである。

（身体がだるい……結構、ヤバイ、かも……）

そんな調子のまま、いよいよ長距離走が始まってしまう。

三キロ——今の若央にとって、残酷なまでに遠い距離だ。

「はっ、あ……はあっ、はっ、あ……」

スタートしたばかりでありながら、早くも若央は額に大量の汗をかいていた。

（熱い……）

この日の気温はさほど高くはない。

半袖の体操着姿で立っていたなら間違いなく寒気を覚えてしまうくらいだ。

そんな中、普段であれば先頭を独走するはずの若央が、この日は最後尾の生徒に置いていかれないだけで精いっぱいだった。

（なんだろ、目がチカチカする……それに頭も、痛い……）

グラウンドを回っているうちに全身のだるさは悪化の一途をたどり、ついには足元さえ覚束なくなってしまう。

（う……もう、ダメ、だ……）

体育教師は、スタートしてから一向に調子の上がらない若央を気にし続けていた。

その彼女が、先頭のラップタイムを計測すべく一度ストップウォッチに目を落とし、再び若央へ視線を移した瞬間――。

「塩原さん!?」

彼女の瞳に、その場に倒れこむ若央の姿が映った。

「若央！　大丈夫!?」

体育教師とクラスメイトたちが一斉に駆けつける。

すぐさま抱きかかえられた若央の顔色は、真っ青になって血の気が失せ、唇は紫に変色したまま小刻みに震えてしまっていた。

体育教師は授業中断を指示。保健委員を含む数人の生徒を呼び集めた。

そして、彼女たちの助けを借り、若央は保健室へと運ばれていった。


薬品の匂いなど、独特の香りが漂う保健室のベッドに若央は寝かされていた。

「うーん、貧血ですね」

その脇に、養護教諭をはじめ、体育教師やクラスメイトたちの姿が集まっている。

「しばらく寝ていればよくなるはずです」

居合わせた若央の友人と体育教師は、その言葉を聞いてほっと息をついた。

「運動神経がいい若央さんが倒れてしまったので、よっぽどのことかと思ったんですが、よかった……あら？」

するとそこへ、廊下からけたたましい足音が鳴り響いてきた。

「先生！」

職員室にて事情を聞きつけたらしい清が、大慌てで参上したのであった。

「若央は⁉　大丈夫なんですか⁉」

勢いそのまま養護教諭のもとへ詰め寄り、若央の容体を聞きただす。

「お、落ち着いてください、先生」

妹を想うあまり、清は我を忘れてしまっていた。

「あっ……す、すみません……」

「もう、先生ったら、若央起きちゃうかもよ」

「ご、ごめん……」

「でも、塩原先生優しいね」

「ふふ、妹さん思いなんですね」

ただし養護教諭を含め、この場に不愉快な思いを喚起された女性はいなかった。

「あっ、いや、その……先生、若央は大丈夫なんでしょうか？」

改まって尋ねる清に対し、養護教諭は笑顔で頷いた。

「ええ、大丈夫ですよ」

「よかった……」

「ふふ、しばらく寝ているでしょうから、目を覚ましたら職員室に連絡しますね」

「お願いします……みんなも、ここまで運んできてくれてありがとう」

「どういたしまして」

清と体育教師、若央のクラスメイトたちはそこでいったん保健室を後にした。

そうしてその場に残されたのは若央と養護教諭だけとなる。

「さて……そろそろ起きたらどうですか、塩原さん?」

「……気づいてたんですか?」

目蓋を開けた若央を、養護教諭の含み笑いが出迎えた。

若央は駆けつけてくれた清にどんな顔で応じていいかわからず、そのまま狸寝入りをしてしまったのである。

「ええ、ずっと……うれしそうですね?」

「そ、そんなことありませんっ!」

「どうして寝たフリなんてするんです?」

「べ、別に、い、いいじゃないですか?」

「ええ、聞くまでもなく塩原先生がいたからですね」

「なっ⁉」

「ふふ……どうしました？　そんな怖い顔して」

「なんで……」

「いいじゃないですか、別に……まあ、そう怒らずに……」

「怒ってませんっ！」

「塩原さん、素直になることが大事ですよ」

「なんですか、それ」

「ふふ……少し休んだら、授業に戻りなさい」

養護教諭は若央の質問には答えず、椅子から立ち上がり、そう言った。

「いえ、もう大丈夫です」

「あら、そう……」

「ありがとうございました」

「いえいえ……ふふ、頑張って……」

養護教諭は保健室を離れていった若央の背中にそう呟いたのだった。

職員室へと戻った清は、ぼんやりと昔のことを思い出していた。

若央も子供の頃はよく清になついていていて、最近はその機会もめっきりなくなってしまったが、かつてはさんざん一緒に遊んだものだ。

（まあ、今は、なんというか、難しい年頃だもんな……）

最近は、目を合わせることも、言葉を交わすこともほとんどない。

努めてコミュニケーションを取ろうとしているつもりなのだが、上手くいかない。

（おはようって言っても、フンッなんてあしらわれちゃうしなあ……）

どうやら避けられているようなのだ。特になにかした覚えはないから、清に原因があるのではなく、若央の問題なのであろう。

年頃の女の子が異性の兄弟を意識して、極端な態度を相手に示す場合は珍しくない。清はそのことについて不満を抱いてはいないし、おかしいとも思っていない。むしろ健全な反応だろうと思っている。

思春期の女の子が、異性の家族に対する向き合い方は実に多様で千差万別。それを理想的な態度があるかのように思いこみ、その通りでなければ矯正するなどという方がおかしいのである――清は常々そう考え、妹たちと接してきたつもりだ。

教師を志し、今こうして教壇に立つようになるまでに、清は子供の心理についても当然のように勉強している。自分でも興味があったので、他人よりは幾分か詳しい知識を蓄えているつもりだ。年がそこまで離れていない妹たちと暮らす上で少しでも役立てばと学び出した心理学に、いつしかのめりこんでしまっていたのである。

妹が自分に対して突き放すような態度を取るならば、兄としてすべきは同様の態度でぶつかることではなく、静かにその成長を見守ってあげることだろう。

——といっても、こんなものは建前にすぎない。

本当はただ単純に「かわいい妹だから」優しく接したいだけなのである。

もし自分が妹に嫌われているとしても、構わない。

兄と妹って、そういうものだ。

理屈でどうこうなるものではないし、そうすべきでもない——少なくとも清はそう思っている。

大事な妹だから、傍にいてあげたいのだ。

3　屋上で結ばれて

保健室を出た若央はそのまま屋上へ向かっていた。

授業に復帰したところで内容は頭に入らないだろうし、それに少しの間一人になりたかったのである。

屋上へ続く扉を開けると——無論人は誰もいない。

若央は今朝から続いていた思い悩みを晴らそうとここへやってきたのであった。

屋上の周囲にはフェンスが張り巡らされていて、そこから見渡せる景色を若央はぼんやりと眺めていた。

冷たい風が鮮やかな金色の髪を撫でていく。

(はあ……)

——すると、突然屋上の扉が開かれる。

「若央……」

やってきたのは驚くべきことに、清であった。

「なっ、なに!? なんで、ここに……?」

「いや、それは……養護教諭の先生が、ここに行ったんじゃないかって……それで」

「へ、変態！ こっち来ないでよね！」

「あっ、そ、その、ごめん……」

「なっ、なにが!? 別にあんたに謝られるようなことしてないしっ！」

「いや……そ、そうだ、体調はどうだ?」

「べ、別に……もう平気」

「そっか……」

「なに? こっち見ないでよ、変態」

「いや、その、話を聞いてくれっ」

「聞きたくないっ！」

すぐさま脇を通り過ぎようとした若央の腕を、清がぎゅっとつかむ。

「離してっ！」

若央は振りほどこうとするが、予想以上に清の力が強くて、それは叶わなかった。

「待ってくれ！」

もう一度、兄は妹へ向け声を張る。

清がこれだけの大声を上げることは滅多にない。

若央もそれはわかっていたが、怯むことなく牙を向ける。

「べっ、別に若央のことなんかどうでもいいんでしょ!?」

できるならこう言いたくはなかったが、その場の勢いでつい口に出してしまった。

なぜなら自分自身で、その事実を認めてしまうことに他ならないから。

「そんなわけないっ！」

目尻に涙を溜めてさえいた若央であったが、清の返事は予想を裏切ってくれるものであった。

「若央は僕の大事な妹だ」

強く否定してくれた清の言葉が若央の心の深みへ響く――予想もしなかった一言に、若央の動悸は徐々に激しくなっていった。

「……な、なんで……」

今は屋上で二人きり――自分たちを邪魔するものはなにもない。

「なんで、若央だけ、その……」

若央は清の瞳を見据え、今朝から思いつめていた事柄について、訊いてみることにした。

「なんでお姉ちゃんたちとは、し、したのよ……？」

分厚い沈黙の帳《とばり》が、二人の間に下ろされる。

兄はしばらく視線を空へ彷徨《さまよ》わせながら、妹の問いにどう応えるべきか考えあぐねているようだった。

「いや、それは……えっと」

「……教えて」

「……う、うん、えっと……その」

返答を強く促す若央の鋭い視線に捕らえられ、清は観念したようだ。

「実は……」

清は今朝音子がそうしたのと同じように、二人と関係を持つに至った経緯を順次述べていった。

「――と、まあ、こんな、感じ……」

「……そう」

今朝の衝撃には及ばないものの、清の話に若央はやはり驚きを隠せなかった。

(……紐で縛るなんて、さすがは御華ね……)

それによれば――そもそも姉と妹が兄とセックスをするに至ったのは、御華のストレートと言えば聞こえのいい向こう見ずな性格に依拠するところが大きいようだ。

(……まあ、御華はちょっと並はずれてるし……)

とはいえ清が執拗に姉と妹を求めたのではなく、二人の方から兄に言い寄ったらしいということはいくらか若央の心を慰めてくれていた。

というのも自分がワガママだから、魅力に欠けるから兄に好いてもらえないのではない――それがわかっただけでも、うれしかったからだ。

(若央だって……っ!)

二人が兄と繋がれたのは、まっすぐに自分の気持ちを伝えたからこそだろう。

姉と妹のことだから、誰よりもよくわかる。

二人とも、兄との関係に自分なりの悩みを抱えていたはずだ。

今のままでいたくないなら、若央も音子や御華のように素直になるしかないのに、もともと気が強くて人一倍不器用な若央は、想いを伝える前に、清に対して「お兄ちゃん」と呼ぶことすらためらわれるのだ。

（お兄ちゃん……じゃなければ、アニキか、やっぱりにーに……かなあ）

若央は「にーに」という幼い頃からの呼び名を気に入っている。

外へ出て遊ぶのが好きな若央は、比べて家の中で遊びたがりの姉と妹より、兄とともにいる時間が長かった。

兄のことが好きで、いつもその背中を追いかけていた。

「にーに」という呼び名には、その頃の思い出がたくさん詰まっているのである。

（いつから、かな……一緒に、遊ばなくなったの……）

けれどいつの間にか若央は、清の背中を追いかけることを止めてしまった。

それは間違いなく自分から兄と距離を置こうとした結果である。

年齢を重ねていくうちに、なんとなく、兄という存在に対して、どのように接したらいいのか、気持ちの整理をつけることができなくなったのだ。

ときが過ぎるのは早く、二人の間に生じた隔たりはずるずると深まるばかり。

思春期を迎えた妹は、かつて自分がそうしていた、兄との向き合い方を忘れていった。

あれだけ好きだったのに――いや、今でもその気持ちは変わっていない。

兄はかっこいいし、優しい――どうしても意識してしまうのだ。

毎日ともに過ごしていれば、恋をしてしまう。

一方で兄に恋するのは間違っていると囁く自分もいた。いい悪いは別として、おそらく一般的なのはこちらであろう。

そんな若央が、同じく兄を好きになった音子や御華とは違い、意識的にしろ無意識にしろ採択した態度は兄を拒絶すること、兄を嫌悪の対象と思いこむことだった。

兄に恋する気持ちをどこかへ追いやってしまう――そうすることで、常識の見地から自らを守ろうとしたのである。

清のことを意識してしまわぬよう努めた結果はしかし、皮肉にも姉と妹に兄を奪われてしまうこととなってしまった。

二人のように素直になるなんて、自分には到底できそうにない。

でも、かといって自分だけ相手にされないのはつらい。耐えられない。

（絶対……イヤっ！）

自分だけ兄への気持ちを諦めてしまっていたなんて、今となっては馬鹿らしくも思えてくる。

「あのさ……」

振り向いて欲しい――若央は今、心からそう望んでいる。

ワガママな子猫の、正直な願いだった。

「うん……」

「若央とも、その……したいって、思うの……？」

「……えっ!?　いや、その……」

「……ど、どうなの!?」

心臓が高鳴りを告げている。

若央は意を決して、清の返答を待った。

「……したいよ」

「……な、なら――」

兄の返事は、妹を今までになく素直に、かつ大胆にしてしまう。

「……し、しても……い、いいよ……」

ありったけの勇気を振り絞り、若央は俯きつつも想いを伝えた。

「で、でも……」

「は、早くしなさいよね！」

(こっちが恥ずかしくなるのにっ！)

「いいっ、あ、アンタ、だけっ、だから……若央に、こんなこと、できるの……」

さっきまで熱を持っていた身体が、今は別の理由から高い熱を放っていたのだった。

「きゃっ！」

——いきなり身体を抱き締められてしまう。

「……ンンっ!?」

そのまま清の顔が迫り、温かい感触が若央の唇を湿らせていった。

(なっ、なんなの!?　これ!?)

あまりに突然のことで思考が追いつかない。

(……これが、キス、なの……?)

唇から広がっていく甘い熱が、若央の身体を蕩かしていく。

(だめっ!?　すごい、熱い……っ!)

「んチュ、ン……ン、ふあ、そんなっ、いきなっ、り……ン、チュ、んむ……」

若央は先ほどまで体育の授業に臨んでいたため、その格好は体操服のままだ。

白と紺のコントラストに包まれた身体が、始めての接吻に震えを催している。

「はっ、あ、にーにぃ……ちゅ、ン」

柔らかい唇に優しく撫でられてしまうと、身体が確かな熱を宿していく。

若央は他にどうしようもなく、ただ清の唇の動きに合わせていくだけだ。

(にーにとのキス……気持ちいいよお)

唇を触れ合わせるだけの単純な行為なのに、全身が安堵で満たされるような、そんな心地よい気分にさせられてしまう。

若央は悩まし気な吐息をつきつつ、接吻を続けていく。

「ちゅ、プちゅ……くちゅ、ぷ、レロ、ん……ふっ、あ、ん、チュ……クちゅる」

初めは触れ合わせるだけのキス。

それから兄は突然口腔内に舌を挿しこんできた。

「ふあッ！　にーに、んんっ⁉　ふっ、ちゅ……にゃ、ン、ピチュる……くちゅ」

(なに、これ⁉)

戸惑う妹の舌へ向け、清が自身の舌を馴染ませていく。

清はまるで予測できない動きで、若央を翻弄する。

「ちゅぷ……くちュ、ちゅ、あ、ン……あっ、まっ、て、え……ン、む……」

若央にできるのは、舌から発せられる蜜味の愛撫に身を任せるだけ。

それが、今の若央にとってたまらなく心地いいのだった。

(にーにの舌、熱い……)

「ちゅ、る、じゅ……」

「じゅ、ぶ……じゅ、クちゅ……ちゅぶ、ぷ、むぷ……ちゅ、く、ぶ、ちゅ、ちゅる」

粘液の混ざり合う過程に生まれたふしだらな水音が、碧空に消えていく。

熱を持った舌と舌が、ちょうど二人の間で音を立てながら絡まり合い、互いの熱が全身へと流れ伝う。

　唇から溢れ出した口腔粘液がコンクリートに滴り落ちて、小さな染みをいくつも浮かべてしまうのだ。

　二人はしかしそれもいとわず、青空のもと、ただ互いの唇を貪り合う。

（にーに、キス、上手だよお……）

　巧みな舌使いを前に、若央はされるがままだ。

　気の強い妹が、今は兄の繰り出す舌技に悶えることしかできないのである。

「にーに、んっ、ちゅる、れろ、ン……ふっ、あ、にぃ、い、に……ちゅ、ぷちゅ、レロ、ちゅ、る……はっ、ん、ちゅ、くちゅ……にぃ、に……」

　青空に見守られ、二人は濃厚なキスを交わし、唇を離す。

　かと思えば、再び唇を触れ合わせる。

　時間を忘れ、二人は唇を重ね合う。

「にーにっ、ちゅ……ちゅう、ン、あ、う……ン、しゅきぃ……」

　キスに作法や手順があるとしても、若央にはまるでわからない。

　だから妹は兄の舌を真似たり、追いかけたりするしかできない。

　兄の頬の裏や、舌の付け根、それから歯茎を丁寧に舐め取る。

　兄を想う気持ちが、妹にそうすべく命じていたのであった。

「ちゅく、む、ぷちゅ、ちゅ……レ、ロ、ふ、ちゅ、ぶ、ン……くちゅ、んむ……」

清が口腔の隅々まで舌を這わせていき、若央はその動きを追いかけ続ける。

「ちゅ、ぷ……ンン！　ふああっ！　ンん！　はっ、ちゅ……」

若央の身体は熱く火照りきっていた。

「若央……」

「……う、うん」

清の手が、体操服の胸元へ伸びていく。

「あっ！　む、胸は、だ、だめ……っ！」

若央は思わず身を翻してしまった。

「……どうして？」

「そ、それは……」

（だって……ぺったんこ、だもん……）

若央は自分の胸に自信がなかった。

爆乳の姉と妹に挟まれる格好となった若央のバストは、同じ姉妹かと疑いたくなるほどに小振りなサイズなのである。

日を追うごとに大きく成長していく二人を羨み、いつか自分もああなると信じつつ我慢してきたが、今日までその日が訪れていないむなしい現実に目を覆いたくなる。

「やっぱり、小さいし……」

「気にしないよ、若央の胸だから、触りたい」

「うう……じゃ、じゃあ、後ろから……なら、その……い、いいよ……ぜっ、ぜったい、見ちゃだめだからねっ！」

小さな胸を見られ幻滅されてしまうのはいやだが、大好きな人に触りたいと言ってもらえるのはやはりうれしい。

するとすぐに、兄の暖かい手のひらが体操服の上から柔胸に触れていった。

「ふあぁ……あぁ」

清の大きな手は、その乳房を完全に覆ってしまうことができる。

まずは優しく、胸をさするようにして、手のひらが移動していく。

「柔らかいな……」

「んっ、あっ、にっ、にーに……手つきが、えっちだよっ、ふっ、あ……んうっ」

胸板に伸ばされる清の手に、若央は表情を蕩けさせてしまう。

清は皺を寄せるような手つきで柔肉を撫でる。

指先は若央の柔丘を中心に寄せ集め——かと思えば手を離す。

「うっ、う、ン……あっ、ン……ん、ん、あ……きもち、いい……はあっ、あ……」

この動きを繰り返し、胸肉を攻める。

「ひうっ、にーにぃ……さわられちゃううっ、ンううっ、はっ、ああ……っ！」

胸を好きなようにいじられ、若央の身体が羞恥に染まる。

清が身体中を触れて始めてからずっと、若央の鼓動は高鳴り続けていた。

すると熱を帯びた若央の体操着の中へ、清が手を伸ばし始めたのだった。

「そんなっ、らめっ……にい、にっ、いあっ……うう、ちいさい、のにいっ、さわられてっ、きもちよくっ、なってきちゃったよおっ……」

体操着の中に侵入を開始した清の手は、這うようにして上半身全域を移動していく。

柔丘を直接撫でさする手つきに、若央の四肢は自然と震えを催す。

服の上からでも充分気持ちよかったが、直に触られてしまえば比肩するまでもない。

若央は下腹部に早くも疼きを感じていた。

「んあっ……ぞくぞくって、しちゃうう……にーに、ん、ふっ、う……ン、ふあっ、あ……ふるえっ、ちゃうよっ……チュ、じゅる……あ、ちゅ、ン……」

滑らかな肌の上を這い回る清の手つきは、若央の身体に熱を蓄えていく。

（にーにの手、変な気分になっちゃうよお……）

ただ触られているだけのはずだ——だが若央の身体はまるで魔法にかけられてしまったかのように、甘い痺れの坩堝《るつぼ》に陥れられてしまいそうだったのである。

「チュ、ぷ……クちゅ、チュル、ぴちゅ……じゅ、ぶ、ふあっ、あ……ふっ、う、ふ、ンん……ひっ、いあっ……いじってっ、もっと、むねいじってぇ！」

キスを継続したまま、清は妹の望み通り身体への愛撫へ攻めのウエイトをシフトさせていく。

手のひらを広げ、優しい手つきで兄は柔肌を満遍なく愛撫してくれる。

塗り絵のように隈なく触れていくその感触に、若央は身をよじらせる。

身体の内側奥の方に宿り始めた熱が、若央の全身を沸き立たせる。

「ちいさいっ、けどっ……おねがいっ、にいにぃ……もっとさわってぇえっ！　きもちいいからっ、さわってくれるとっ、すごいっ、うれしいいっ！」

（にーにぃ、変になっちゃうよお……）

熱に浮かされた妹の意識は、次第に朦朧としていく。

兄は性に関してまったく免疫のない自分を優しくリードしてくれている。

兄になされるがままという状況は変わらず、無意識のうちにその身体を求めてしまう。

小ぶりな胸はけれど清の手のひらにすっぽりと収まり、最上の愛撫を施してくれるのだ。

「えっ!?　にーに、あっ、ひゃああ！」

清の指の腹が、乳房の先端へ狙いを移した。

「んひっ、あ……らめ、らよおっ！　そんにゃ、くりくりしちゃっ、あっ、う……うぅっ！　ひあっ、あ……ちくび、しゅごい……いい、よおおっ……あはっ、ンっ！」

敏感な突起にほんの少し指が触れてしまうだけで我慢できなくなってしまいそう。

清は人指し指を伸ばし、上下に弾くような形で刺激を送る。

「らっ、あ、あ……しょこへんにゃのおっ、ひいッ……にーにぃ、やっ、あ……ふ、い、い……あ、びくびくしちゃ、う、か、らあ……んっ！」

若央の身体はその攻めから逃げ惑うかのように落ち着きがなく、腰を忙しなく動かして、乳頭から伝わる快感の余波に呑みこまれてしまわぬよう必死に耐えている。

ピンと張った乳首は若央の興奮を如実に示しているのであった。

「ン、らめ、しょこ、わっ、あ……しゅ、ご、い、きもち、いい、か、らあ……あっ、ひっ、う、う……ちゅ、くちゅる、ぷ、ん……ぴ、ちゅ、ぷ……ちゅン、む……」

喘ぎ声の溢れ出す若央の唇にキスの雨を降らせながら、清は左右両方の乳首へ同時に愛撫を施してくる。

（きもち、いい、よお……）

若央の細長い体軀は耳の先まで赤く染まりきっていた。

「ふあっ、あ……い、ひ、くしゅぐったいいぃ……らめ、にゃあ……ンあんっ！」

二つの指を擦り合わせるようにして、清は先端をいじり続ける。

胸肉の先端は清の攻めを受け、徐々に大きさも硬さも増していた。

乳頭から生まれる痺れは全身へ伝播し、若央は羞恥に身悶える。

「こっちも、そろそろしてあげる」

乳首をいじめるだけでは、兄は許してくれない。

清の狙いは、次に若央の下半身へと定められたのである。

「若央、スパッツ脱いで」

「……え」

(恥ずかしいよう……)

「いいから、ほら」

兄がやや強引にスパッツに手をかけてくる。

「早く」

「う、うん……」

清に促されるまま体操着のスパッツを下ろしてしまうと、純白のショーツが姿を現した。

冷たい風が若央の火照った素肌に擦れていく。

(いや、見られちゃうよお……)

秘所を晒す戸惑いに苛まれる暇もないまま、清の指先がクロッチをかすめていく。

「ンにゃあ！　にーに、しょこっ！　らめっ！」

たったそれだけで、若央の身体に未知の快感が駆けめぐった。

「……若央、濡れてるのか？」

（やだっ、にーに、言っちゃやだ……っ！）

清の愛撫を受け、若央はすでに花びらを恥液で湿らせてしまっていたのである。

これまで人に触られたことはおろか、自ら手を伸ばしたこともない秘密の領域。

自らの意思に関係なく溢れ出す姫蜜を、若央は塞ぎ止めることができなかったのだ。

「わかんないもん……にーに、触ってくれたら……すごく、気持ちよくてぇ、あふれてっ、きちゃったのおっ……んひいいっ！」

清はしかしだからといって攻める手を止めようとしない。

むしろ妹の言葉を聞いて調子づいたらしく、より一層激しく攻め立ててくる。

「あっ、らめっ！　いじっちゃ、らめ、ら、あ……なんでっ！　アひっ！　そこ、ばっかり、だめっ！　ああっ、あ……ひいんっ！」

薄布越しに陰唇をいじられ、微弱な電流が若央の身体に浸透していく。

「だめ、やっ、ひっ！　しょこ、しょこらめえっ！　くりくりらめえっ！　こんにゃっ、しらにゃ、い、よおお！　にいっ、にいい……いやあっ！」

「ここ、気持ちいいか？」

「きもち、いい、よおお、んひぃいいっ！　きもひぃ、かりゃああ！　あっ、あんまり、クリクリ、ばっかりいいっ……しちゃ、らめらよおっ！」

胸をいじる手は乳頭を集中して攻め、下腹部を這う指の先は直接秘園へと伸ばされていく。

（あぁっ……にーにの手が、中にきちゃうよお……）

いよいよ清の指先がショーツの奥へと侵入を開始してきた。

秘毛をかき分けた先にある割れ目へと向かっていく。

「ひぃっ、にーに、あっ、いやっ、ひぃ！　クリクリ、いやあ！　こんにゃ、しょでっ、きもちよくなっちゃう！　にゃおっ、えっちになっちゃううっ！」

すでにびしょ濡れになった淫裂の先端部に指先が到達し、若央の身体に突然の衝撃が駆け抜ける。

愛蜜を吸いこんだ秘毛の奥、そこに若央の身体を弾かせたスイッチが存在している。

「らめっ！　しょこ、ほんとにりゃめえっ！　ンひっ！　いちばんっ、きもひぃっ、かりゃあ！　らめ、ああっン！」

若央の敏感な肉豆はすでに包皮から剝きだしになってしまっている。

気がつけば大きく脚を広げ、青空へはしたない格好を晒していた。

愉悦を貪る本能が、勝手に身体をこのような姿へと変えてしまっていたのである。

（えっ……なにか、くる!?）

先ほどから兆候を感じていた得体の知れない快感は、ついに身体の内側からその正体を現してくる。

「にーにっ、らめ、ら、よお！　なに、か、きちゃうかりゃあああっ!!」

体内に覚えた燻ぶりが鮮明な形を伴ってせり上がってくるにつれ、若央の声もさらに増して淫美な艶にまみれていく。

得体の知れない快楽に逆らう術はない。

「ひああっ！　らめ、もうっ、らっめええ！　きちゃううっ！　んひぃいっ、いい！」

内側から湧き起こる肉欲の塊を知覚した後、その荒波を堰き止めるべく奮闘を続けていた若央であったが——その甲斐むなしく崩れ落ちてしまった。

「んんあっ！　でりゅううっ！」

直後、黄金色の液体が勢いよく噴出し、乾いたコンクリートを水浸しにしていく。

「イヤあっ！　とまらにゃいのおお！　イヤっ、あぁぁ！　おひっこ、らめ、なのにぃ……きもひ、いい、かりゃあッ！　おしっこびゅるびゅるぅ、とまりゃないいッ！」

防波堤を失った高波は、その勢いを止めることはない。

後はひたすら、溢れ続けるのみ。

「イヤイヤぁあ……らめっ、ってぇ、いっら、の、にぃぃ……ばかあ、にい、に、の、ばかっ、ばかっばかぁ……うう、う、やら、あっ……」

周囲には独特の尿臭が立ちこめ、コンクリートの表面には二人のいる一角だけ濃淡ができあがってしまった。

ようやく尿意が収束してくれたものの、ときすでに遅し。

「ぐすっ……うっ、すっ、んっ……ううっ、う……ばかっ、にぃに……」

校舎の屋上で授業中、しかも想う相手の目の前で粗相をしてしまった。

無残な現実に、若央は泣き崩れてしまう。

(最悪、にーにの前で、こんなに、恥ずかしい、格好……)

大好きな兄の前でおしっこを漏らしてしまうなんて、考え得る限り最悪の失態だ。

嫌われてしまう——両手で顔を覆い隠してしまう若央の額に、兄は優しいキスをしてくれた。

「……にーにぃ?」

「気持ちよかった?」

「う、うん、でも……にーにの前で、その……おもらし、しちゃった……」

「そっか……」

「……嫌いに、ならにゃいで……お願い」

不安そうな面持ちで、若央が尋ねる。

「なんで？　嫌いになるもんか」

兄は力強く否定してくれた。

「気持ちよくなってくれたんだろ、うれしいよ」

「よかったぁ……にーにぃ、ちゅう、してぇ……」

「うん……ちゅ」

唇を重ねる二人。

「ちゅ、ン……ちゅう、しゅきぃ……ンちゅ、ちゅ……ねえ、にぃに……？」

若央は清の瞳を見つめ、懇願する。

「おねがい……にゃおも、したい……だめ？」

妹の強い思いに、清が笑顔で頷いた。


どうしても胸を見られたくない若央は、清に背中を向け、腰を突き出していた。

青空の下、若央は立ちバックの格好で清と繋がろうとしている。

若央にとっては馴染みのある、クラウチングスタートの態勢だ。

（あんなにおっきいの、入るのかな？）

振り返った若央の視線は、清の下腹部に縫いつけられてしまっている。

「やっぱ、怖いよな……」

「そっ、そんなわけないでしょ！　ちょ、ちょっと驚いただけだもん！」

挿入への忌避とも取れる表情が、顔に表れてしまっていたようだ。

だが実際、驚きと同じくらいの興奮が、身体の内側で膨らみ始めていたのである。

(あれが入れば、にーにと、一つに……)

そう思うと、ドキドキが収まらない。

(早く……したいよっ)

これまで、男性の象徴をまじまじと見つめたことはない。

子供の頃、一緒にお風呂に入ったときに刻まれた記憶からは、男性のペニスがこれほどの大きさに変貌を遂げようなどというデータは取り出せない。

昔からは想像もつかないほどに猛々しく、不気味といって差し支えない様相を呈している。

無論、だからといって若央も止めてほしいなどとは微塵も思っていなかった。

(お姉ちゃんも、御華も、やったんだから、あたしだって……)

二人の姉妹と同じように自分も——できるだけ早く兄と繋がりたいのである。

二人に先を越されてしまったのは悔しいが、自分の初めては兄に捧げることができるのだ。

それがどうしようもなくうれしい。

そして、今だけは兄を独り占めできる。

兄だって今は自分のことだけを考えてくれているのだ。

「は、早く入れなさいよね……」

「うん……でも、痛くて我慢できなかったら言ってね……お願いだから」

「わっ、わかった……そ、その……あ、ありがと……」

「うん……いくよ」

その声を合図に、肉竿が蜜貝にあてがわれる。

「んっ、ン……」

くすぐったさに似た感触が、一瞬若央の全身を伝っていく。

そう思ったのもつかの間――。

「きゃっあ！　あっ、いっ！　あっ……はぐっ！　う、い、い……いぎっ、ぐ、あ、く、う、うぐっ！　ンああッ！」

下腹部を内側から切り刻まれるような痛みが、膣内から全身を貫いていった。

(痛い、痛いよ……)

身体を真っ二つに引き裂かれるような感覚だった。

あまりの痛みに意識を失いそうになるが、一方でそれすらも激痛は許してくれない。

ただひたすら悶え苦しむのみだ。

「若央、大丈夫か？」

「はっ、こ、んな、の……だいじょう、ぶ、に、きまって、る、でしょ……いたい、わけ、な、い、う……」

口では強がっているが、本当は喋るのもつらい。

（なにこれ……痛すぎだよっ）

想像を絶する痛みに全身が悲鳴を上げている。

どれだけ激しく転倒しようが、これほどの痛みを喚起することはないだろう。

身体の一部を引きちぎられる痛みに泣いてしまいそうになりつつも、若央はぐっとこらえた。

（あっ……）

処女膜を貫通した肉槍はその後、ほどなく子宮口へ到達した。

その間声を上げる暇もなく、激痛に顔を歪めることしかできない。

痛みを代弁するかのように、若央の四肢は震えが収まらなかった。

（きてるよお……にーにがっ、おくまで、きてるっ、よお……）

「はっ、あ、あ……うう、ああっ、にーにぃ……あつい、よお……」

膣内に入りこんだペニスは熱く、お腹を内側から温めていく。

秘洞に肉棒が収まっている今、お腹を押し上げようとする圧迫感は並みではない。

しかも肉棒はじっとしているわけではなく、血気盛んに暴れ出そうと脈動を繰り返しているのだ。

「……にーに、おね、が、い……うご、いてえ……」

激痛に呻く身体を叱咤し、言葉を振り絞る。

——このままの格好でいたくはない。

今は兄がもっとも動きたい段階にあるはずなのだ。

妹だからわかる——兄が望んでいることくらい。

(我慢、しないでよっ……)

「うごいて……ね?」

「大丈夫か? 少し……」

「ううん、平気……」

いつも兄に迷惑ばかり掛けてきたのだ。

こんなときくらい、思う存分動いてもらいたい。

「これくらい、なんともない……」

それに膣内に浸み渡るのは、痛みばかりではなくなっていたのだ。

(だんだん、気持ちよくなってきちゃった……)

若央の全身を流れる快感の波が、身体の芯を甘く蕩かしてしまいそうだったのだ。

「わかった……いくよ」

「はっ、あ……あ、く、う……うぅッ！　はあっ……くっ、るっ、ンっ！」

ただ挿入を果たしただけで意識が絶たれてしまいそうなほどであったが、清が肉竿を引いた途端、再度その衝撃が襲いかかってきた。

（これ、すごいっ！　引っ張られて、気持ちいい！）

「あっ、ン！　にゃかれええっ、にーにがっ、こすれちゃううっ！」

亀頭とシャフトとの段差に膣肉が引っかかれると、若央は声を我慢していることができない。

清は腰を打擲《ちょうちゃく》させる速度を次第に増していく。

「にぃにっ、ああンっ！　おま×こ、ひろがっちゃ、ううっ！　らめっ、え、えぇえ！」

グラインドさせるたびにその衝撃が肉体に刻まれていく。

膣肉は清の肉槍に合わせて形を変え、きつく絡みつきながら膣内射精を促す。

肉棒はその締めつけに敏感に反応し、さらに激しいピストンを繰り出すのである。

したがって、若央は、射精を果たすまで悦楽の海に引きずりこもうとする肉欲の鎖からは逃れられないのである。

「はっ、あっ、りゃめえっ！　ああっ……ン！　ンッ、おにゃかっ、いっぱいっ、ひ

っかかれちゃってりゅうう！」

アスリートの細長い手足が、愉悦の響きに打ち震えてしまう。

（あっ、また、イッちゃう……）

若央はすでに何度も絶頂を果たしている。

身体は痙攣を繰り返し、半開きの口からだらしなく舌が飛び出してしまっていた。

「にゃかっ、あっ、う……おしあげ、られちゃってりゅ、にょおおっ……はヒンっ！」

唇の周囲は唾液にまみれ、目はうつろ——ただ清の姿だけをその瞳が捉えている。

悦楽の虜と化した今、若央はひたすら清の抽送を受け止めるだけだ。

「おくっ、までっ……きてっ、りゅううっ……ずんずんっ、されちゃって、もっ、もうっ、りゃめええっ！」

（すごい、ぐりぐりされちゃってる……）

この果てに待つ、まだ知らない世界への欲求が、膣道へ愛液を滲ませ、男根へさらなる抽送をせがむ。

「はげしっ、まってええっ、ずっと、いきっぱなしっ、りゃのにいいっ、ああっ！　らめえっ！　またっ、イクっ、イクううっ！　またイクっ！　いかされちゃううっ！」

若央がアクメを迎えようとも、清は前後運動を止めようとしない。

いつまでも肉棒は子宮の扉を叩き続けるのだ。

だから若央は幾度も絶頂を繰り返すのである。

（にーに、すごい、気持ちいいよお……）

不規則に動き続ける膣肉を、規則的なピストンでまっすぐに貫かれてしまう。

結合部から肉竿にかけ、大量の牝露が流れ伝ってきていた。

「らめらよお、にーに、こんにゃ、しょと、れええっ、じゅぎょうちゅうにゃのにいいっ！　ずぼずぼされてええっ、きもひよくにゃるにゃんてええっ！」

清の繰り出すピストンは、妹のもっとも敏感な部分を的確にノックしている。

膣粘膜がそのたびに淫靡な水音を発し、天井のない空の果てへ溶けていってしまう。

アスリートの鍛えられた肢体が、肉竿の動きにもてあそばれてしまう。

淫汁の横溢した秘孔から淫らな香りが漂う。

「りゃめ、ぐりぐり、しゃれちゃ、まひゃ、かんひゃんに、いっひゃう、いっひゃいか、らあっ……あひっ、くひっ、んあああん！　らめ、なのに、またイクうう！」

（だめだよっ……イッちゃってるのにい）

際限なく絶頂を繰り返しているうちに、若央の身体はまるで空の向こうへ羽ばたいていくかのような浮遊感に包まれていく。

体操服は汗を吸いこんでうっすらと透けてしまっている。

妹の痴態をまざまざと見せつけられ、衰えを知らない清の肉槍が猛威を振るう。

「きてるっ！　ンうう！　おくっ、しゅごいっ、かたいにょお、いいッ！　らめっ、ああっ！　くひっ、ひいいンっ！　ンあんっ！　じゅぼじゅぼくりゅううっ！」

膣肉がペニスを扱き、無数の襞が亀頭にまとわりつく。

肥大した肉塊は膣肉を掘り進めては引き抜き、さらに根元まで深々と突き刺す。

少し動くだけで極上の刺激を催すのに、清は大胆な動きでそのさらに上をいく快感を運びこんでくる。

「はっ、あ……あっ、だめ、らよお……にい、に……にゃんど、もお、イッちゃってるっ、にょ、にぃ……きもひ、よしゅぎるよおおっ……」

若央は身体を支えていられない。立っていることすらままならないのだ。

肉棒によがり狂う痴態を青空に晒し、若央は貪欲に快楽を貪る牝猫と化したのである。

「にぃにいっ！　しゅきぃいい！　しゅきいっ！　してえぇ、またイクからっ、じゅっとっしてええ！　はめはめ、オマ×コしてええっ！」

肉茎がフィニッシュに向け、複雑に蠢く膣内をかき回していく。

「僕も、イクよ……くうっ！」

若央を攻め続けていた清の身体にも、どうやら限界が訪れるようだ。

腰を動かし続けていた清が、ラストスパートをかけてくる。

「オマ×コ、おくううっ、ぶちゅかってりゅうう……イクっ、にゃんどもイッちゃううう！　にぃにっ、いっしょにいいっ、にーにといっしょにいきゅううっ！」

限界に近づいた清が繰り出すピストンの嵐に、若央の身体は耐えられない。

若央の身体が、弓なりに弾ける。

「りゃめええっ！　はげしくって！　いきゅいきゅううっ！　いきゅうううっ！」

「若央、出るよ！　うっ、ああっ！」

「ひああっ！　らめえっ！　いまどびゅどびゅきちゃったりゃあぁ！　もどれにゃくっ、にゃっちゃいしょおおっ、らかられあっ！　らめええっ！」

そこへ、熱いマグマが流しこまれていく。

勢いよく流れだした白色の液体が、瞬時に膣道に敷き詰められていった。

「ふああっ！　アアッ！　くるっ！　にーにの！　いっぱい、きちゃううう！　いっちゃってりゅおにゃかにいいっ！　いっぱいきちゃってりゅううっ！」

それでも収まりきれないほどの精液が、姫割れから溢れ出てきてしまう。

オルガスムスに蕩けた身体を満たす濃厚な精液が、若央の全身を震撼《しんかん》させていく。

「あっ、ぐう、にぃ、に……くっ、う……ひあっ、はっ、いっ、イ、ヒ……く、う、あ、はう、あ……にーに、あじちゅけ、しゃれちゃったよおぉ……」

がくがくと身体を痙攣させたまま、若央は再び絶頂へ登りつめてしまった。

「あっ、ひっ、い……あ、は、きもち、よかった……ああっ、ア、ひ、い、イ……」

(にーに、好きだよお)

4 はあれむ談義

目を覚ました若央は自室のベッドにいた。

時計を見ると、夜七時を指している。

兄と繋がれた心地よさを抱いたまま帰宅してすぐ、この時間まで深い眠りについていたのであった。

「……えへへ、ニャオ……おいで」

傍でじっと控えていた愛する飼い猫を胸もとへ招き寄せる。

頸の下を撫でてあげると、嬉しそうにニャオが鳴いた。

若央がいつになく上機嫌なのは言うまでもなかった。

「ニャオ、今日ね、いいことあったんだよ……ん？　だーめっ、内緒なんだからねっ！」

「お姉様は、大丈夫なんですか？」

「うん、さっきおかゆ食べさせたから、晩御飯はいいって……」

「心配したけど、大丈夫そうだね。よかったあ……」

このとき若央はセックスの余韻を味わうかのように寝入ってしまっていたのだが、音子と御華の二人がその可能性に思い至ることはなかった。

「あれ？　ニャオちゃん……」

食事中の三人のもとへ次女の愛猫ニャオがやってきた。

「ん……わわっ！」

ニャオは突然清の膝元に飛び乗り「ニャあ」と鳴いた。

「よいしょ」

清は箸を置き、ニャオの身体を抱きかかえる。

するとニャオはもう一度、清の顔を見ながら声を上げた。

「あれ？　どうしたんだろうね、ニャオちゃん」

最近清に冷たいニャオが、こうして自分から近づいてくることは餌をやり忘れたときくらいだったし、それのみか膝元でじっとおとなしくしていることなんて滅多になかった。

「珍しいですわ、ワガママさんなニャオがお兄様のお膝に寄ってくるなんて……」

「うん……ニャオはワガママさんだけど、でもすごく優しい子なんだよ」

以前清がカッターで指を切ってしまったとき、ニャオが一日中ずっと舐めていてくれたことがあった。そのときはどうやら心配してくれていたようだった。

だが今は——いったいどうしたのだろうか。

「ニャあん」

（……まさか、ね……）

ニャオの瞳を見つめても、その答えがわかるはずもなかった。


「ふんっ！　最初から素直になればいいニャ！」

塩原家の庭先には、三姉妹の飼い猫の姿が揃っていた。

丁々発止のやり取りは、今日も深更に及んでいる。

「そう言うにャ、あれがお前のご主人のいいところにャ」

「お前だってうれしそうじゃにゃいか……心配だからってわざわざ学校まで見にいこうとしてたくせに」

「ニャ、ニャにおう！　そっ、そんなことニャい、ニャ……うう」

「ふふ、これは確か人間の言葉でつんでれ、だにゃ」

「どういう意味ニャ？　そのつんでれというのは？」

「よくわからにゃいが、お前のご主人みたいに……最初はつんつんしてて、後からでれるっていうやつらしいにゃ」

「ニャンだそれ!?　人間は相変わらずハイカラな言葉が好きニャ！」

「ほんとにャ」

「にゃはは」

猫たちの笑い声が、星空を渡っていく。

その声を聞きつけて、近所に住む猫たちも続々と集まってきた。

「それにしても、にゃ……」

「うニャ……これからどうなるニャ？」

「ご主人たちで、ご主人のご主人を奪い合うのかにゃ？」

猫たちの主人は揃って、一人の男と結ばれたことになる。

ここからがだにゃ——声を揃えて、三匹は笑う。

「一人の男に三人のおんにゃ……まさに、はあれむ、だにゃ」

「はあれむ？　知らんニャ……よくそんなこと知ってるニャ」

「はあれむ……おもしろそうじゃにゃいか？」

「うにゃ……どうなるかの答えは、ご主人たちに聞こうじゃにゃいか！」

第四話 三人の妹のうち……誰が一番にゃ？

1 妹修羅場？

――休日の早朝。

爽やかな外の空気にそぐわず、重苦しい雰囲気をたたえる塩原家のリビング。

原因はというと、三姉妹全員が清と関係を持ったことをおいて他にはない。

これまで、清に対して素っ気ない態度で接していた若央が、

「お兄ちゃん、醤油取って」

とか、あるいは、

「お兄ちゃん、ご飯よそって」

などと頼んでみたり――終いには、

「お兄ちゃん……なんでもない」

といった有様だ。一夜にして、こんな風に変貌を遂げていたのである。

食事中はおろか、廊下ですれ違ったときでさえ清と目を合わせようとしなかった上、それまで若央が清のことを「お兄ちゃん」などと呼んだことは一度としてなかったので、音子と御華はすぐにすべてを悟ったのだった。

ただこれだけなら二人はもしかしたらなにも言わず黙ったままでいたかもしれない。

「——ごちそうさまでした」

食事を済ませ、清が席を立ち上がる。

「待って……ん」

「——っ！」

その唇に、若央は不意にキスをしたのである。

「ご飯粒、ついてたから……」

「……若央、い、いきなり……」

「取ってあげただけ……だもん」

それが言い訳にすぎないことを見抜けない人間は、この場に誰一人いなかった。

「……はっ！」

清は後ろから、静かなる視線の訓告を感じ取った。

室温が一気に氷点下へ突入する。

（……やっ、やばいっ！）

怖くて振り向くことができない。

半端ないプレッシャーが、清の背中に容赦なく突き刺さっていた。

「お兄様、この後お時間よろしいですか？」

音子と御華がこの上ない不機嫌さを滲ませた声でそう告げたのは同時だった。

「お兄ちゃん、逃げようなんて、思わないでね……」

「逃げる？　まさか……そんなこと、許しませんわ……うふふ」

（……はあ、まあこうなるよな……）

無論清に「ノー」と言えるはずはない。

その日、久しぶりに家でする用事がなく、一日中寝ていられるかと思ったが、どうやらそうもいかないらしい。

「にゃあ」

「ニャあん」

「にゃあお」

三匹の猫たちが清の足もとへ集《つど》い、同情にも取れる視線を向けてくるのだった。

清は三人の妹たちに見下ろされながら正座させられていた。

「お兄様、言うことがあるんではなくて？」

すらりと背の高い妹御華の、頭上から降り注ぐ視線が痛い。

「ええっと、その、実は……」

正直に昨日若央と関係を持ったことを告げる。

「別に二人はもうしたんだから、いいじゃない」

若央がそう擁護してくれるが、

「そういう問題じゃないの！」

「そういう問題ではありませんわ！」

と、勢いよく捲し立てる姉妹を前に、清と同じく気圧されてしまう。

「確かに……ほんの少し、砂粒ほどにかすかな酌量の余地があるとすれば、相手がよその虫ケラなどでなくお姉様であったことは、まあ考慮に入れて差し上げてもよろしいのかもしれません……」

「ひどいな、いろいろ」

「ですがお兄様、問題はそこではなく——未来の正妻たるこのわたくしになんの断りもなかったのは、いったい全体どう解釈したらよろしいのでしょうか？　昨日どうして仰ってくださらなかったのか説明していただけませんこと？　今回お兄様が犯され

「ちょっと待った！　聞き捨てならないよお、御華ちゃん……お兄ちゃんの未来の正妻は、御華ちゃんじゃないんじゃないかな？　かな？」

「二人とも待った！　にーには、あ、あたしと結婚するの！」

「これはこれは、お姉様方は誤った歴史観をお持ちのようですね」

「御華ちゃんの方こそ、歴史のお勉強が足りてないんじゃないかな？　わたし、歴史なら負けないよお……なんなら教えてあげようか？　正しい歴史を！」

「れ、歴史なんて関係ないよっ！　意味わかんない！　お姉ちゃんも御華も聞いて！」

「ですからわたくしはそもそも――」

今度は清を蚊帳の外に置いて三姉妹は議論を開始してしまった。

仲のよい三姉妹がこうやって言い争う場面は珍しい。

三人と関係を持った時点で、こんな光景に出くわす可能性はある程度予測できていたが、ここまで早く目にしようとは思っていなかったのであった。

（これはまたややこしいことになりそう……）

なんとなくいやな予感がした清が、今のうちに逃げ出してしまおうと密やかに立ち上がった――だが、そんな甘い考えがまかり通るわけはなかった。

「……えっ？」

直後三人の会話が途切れ、一斉に清の方へ顔を向けていたのである。

「あっ、えっ、その……」

視線の縄に絡みつかれ、上手く身動きを取らせてもらえない。

清の身体に冷や汗が滴る。

（なっ、なんだ……っ⁉）

無言のままぐいぐいと詰め寄られ——背中には無慈悲にも固く冷たい壁の感触。

清の謀《たばか》りは、脆くも崩れ去ってしまった。

「お兄ちゃん」

「にーに」

「お兄様」

さらに顔を近づけてくる三姉妹。

ゼロ距離から一度にジト目を向けられて——なんともいたたまれない。

「ねえ」

「正直に答えて」

「わたくしたちの中で、お兄様がもっともお好きなのは誰ですか？」

「えっ？」

妹たちが真剣な表情で問いただしてきたのは右の内容であった。

（いや……そんなこと言われても）

三姉妹と関係を持った後も、だからといって誰が一番などと考えたことはなかった。

（うーん……）

「お兄ちゃん、わたしだよね」

「にーに、あたし、にーにのこと、信じてるよ」

「お兄様、お慕い申し上げておりますわ……この気持ちは未来永劫変わることはありません」

はっきりしているのは、みな等しく好きということだけ。

（でもそんなこと言ったらまた喧嘩し始めるよなあ……）

一人の男を取り合う女性たちの前で、その発言は禁句である。

「お兄ちゃん、わたしと結婚すれば、毎日美味しい料理を作ってあげるよ」

「あっ、お姉ちゃんずるい！」

「ずるくないもん！　ふふんっ、若央ちゃんだって料理作ってあげればいいじゃん」

音子は「できたらだけどねえ」などと続けたそうなしたり顔。

対する若央は悔しそうに唇を歪めていることしかできない。

「いっ、いいもんっ！　若央だって……」

「ふふ、お姉様はどうやってお兄様を射止めるおつもりですか？」

「えっ、そ、それは……」

「わたくしはお兄様のためならなんでも致しますわ。お姉様方とは覚悟が違いますから……お兄様、今ならわたくしと毎晩ねっとりべっちゃりびっちょり濃厚なエッチをしていただく権利を差し上げますわ」

「そっ、それなら、あたしだって負けないよっ！」

「あら？　お姉様、そのまな板より平たいお胸でなにを仰いますか？」

「む、胸は関係ないもん！　おっきくたって、お、重たいだけだよっ！」

「お兄様は大きなお胸がお好きですわ、わたくしのように……ですよね、お兄様？」

「え、それは、その……」

「ああっお姉様！　お痛ましいです……そのようなお胸では、お兄様の大きすぎるオチ×チンを挟むことはできないでしょうっ！」

「……くうっ！　ううっ……む、胸は、小さいけど……若央だって、にーにならぜ、ぜんぶ、あげるもん！」

「お兄ちゃん！」

「にーに！」

「お兄様、お答えください」

「いや……えっと」

そう言われると、やはり返答に窮してしまう。

妹たちにここまで好意を寄せられ、嬉しくないはずがない。

ただ清は姉妹みな心の底から愛しているからこそ、誰が一番かなどと考えたくはないのだ。

悩み苦しむ清を前にして、音子は真剣な表情で返答を待っている。

若央も同じく。

御華は余裕のある笑みを浮かべているが、目の奥が笑っていない。

（みんな大好きだよなんて言っても……）

月並みな表現で心中を披歴したところで、誤魔化しているだけと言い返され、信じてもらえるような雰囲気でもない。

「やはり、ここは……」

しばらく待っても返事がないものだから、三姉妹も清の胸中を察したようだ。

「――お兄様ご自身に選んで頂かなければなりませんね、こうして――」

かと思いきや、なにやら不穏な空気が漂い始める。

「勝負ですわっ！」

「えっ、どういう……おっ、おい！」

御華はブラウスのボタンを外し、身につけていた衣服は下着に至るまですべて、その場に脱ぎ捨ててしまった。

「ふふ、古今東西、女が男を取り合う方法なんて一つだけですわ」

そう言って自信満々に、御華は生まれたての姿を清に見せつける。

白い肌の上を流麗な黒髪が流れゆくその姿は、神話の世界から舞い降りたかのように思えるほどの神々しさをまとっている。

「うふ、お兄様……このわたくしのすべては、お兄様だけのものですわ」

並はずれた気品が振りまかれる御華の裸身から、清は目が離せなくなっていた。

「……むう、わたしだって……」

清の視線が御華の身体に独占されていることに納得のいかない様子の長女音子は、自分も彼女と同じ姿になるべく服の裾に手を掛ける。

「えいっ！」

「お姉様、やる気ですわね！」

「御華ちゃん……そういう勝負ならっ、負けないよお！」

勢いよく服を脱ぎ捨て、さらに巨乳を支えるブラジャーまで取り去ってしまった。

美しい形を備えた双乳が、清の前に姿を現す。

音子はスタイルなら御華にだって引けを取らない自信があるようだ。

「お兄ちゃん、どうですか？」

大きな胸をプルンと揺らしながら清のもとへ詰め寄る音子。

自己主張の勇ましい乳房が、清の視線を吸い寄せる。

「う、うん……すごく、綺麗だよ……」

「……やった！」

清が自らの胸に目を向けてくれ、音子は満足気な様子。

音子の方こそこういう形で決着をつけるのは望むところなのだろう。

「うう……」

対して若央はあまり乗り気ではない。

それもそのはず——抜群のスタイルを誇る姉妹に挟まれた若央は、同情を禁じ得ないほど起伏の乏しい胸板の持ち主なのだ。先ほど御華にからかわれたこともあって、一層自信をなくしてしまっているのかもしれない。

「あたし、やっぱり……」

そう言いかけたとき、

「ではお兄様を諦めますか?」

と勝ち誇ったような笑みで御華が言ったものだから、若央もムキになって、

「やだっ！」

意を決して服を脱ぎ始めてしまったのである。

柔肉の薄い分、しなやかな手足の美しさが際立つ若央の肢体がお披露目となった。

「にーに！　どう!?」

「ふふ、お姉様、そうこなくては」

こうして、朝から開放的な格好をした妹たちに迫られてしまう清であった。

2 ご奉仕競争

リビングのソファに寝かされる清の身体を、みずみずしい肌をした姉妹が取り囲む。

「お兄ちゃん、わたしが、お兄ちゃんの一番だよ！」

初めてではないだろうか――いつも二人を優先させている長女の音子が、自分の思い通りにしようとせがむのは。

「あ、あたしだよ！」

「うふ、なにを仰いますか？　たとえ地球が滅んでも、お兄様の一番はこのわたくしに決まっていますわ」

だからといって妹たちが音子に一席を譲ろうとするわけでもないのだが。

「じゃあ、お兄ちゃんに、誰が一番か決めてもらうってことでいいね？」

「……いいよ」

「賛成ですわ」

清の意思はお構いなく、三人の間で話はまとまったようだ。

「じゃあお兄ちゃんも……ほら、脱いでっ！」

「わあっ、ちょっ、ちょっと、まっ！」

「にーに、動かないでっ！」

「うふ、お兄様……お怪我をしたくないのでしたら、おとなしくしていることをお勧め致しますわ」

音子と若央に身体を押さえつけられ、御華に邪悪な笑みを浮かべながらそう言われてしまえば、黙っているより他に仕方がない。

全裸の妹たちによって瞬時に着ていた衣服を脱がされてしまう。

(うう……やっぱり恥ずかしい)

妹たちはすでに服を着ていないから、自分も——というわけにはいかないのだ。

「あー、お兄ちゃん」

「にーにぃ……もう」

なぜなら——獰猛な肉幹は早くもお腹に触れてしまうほど大きく反り返っていたからである。

「うふ、お兄様も、やる気満々ではありませんの」

抵抗することなどできるわけもなく——されるがまま、清は目の前の現実を受け入れた。

一糸まとわぬ妹たちが、同じく裸を晒した清を前に目を輝かせている。

現れた肉茎のもとに、姉妹は顔を近づけていく。

「わあ、お兄ちゃん、おっきいよお……」

「にーに、すごい硬そう……」

「うふ、お兄様、ご安心ください……すぐ楽にして差し上げます」

兄のイチモツを目の当たりにし、各々の感想を口にする三姉妹。

するとその場にひざまずいた三人は、躊躇することなく揃って舌を伸ばしていった。

「うっ、く……」

高温の舌が重なり合い、敏感なペニスを舐め始める。

まるでミルクを注いだ器に集まる子猫たちのようだ。

「誰がお兄ちゃんを一番気持ちよくできるか、勝負だね……ちゅ、ぷ、ふ……」

「あっ、あたしだもん！　ん、ちゅ……チュる、ク、ちゅ……ン、ぷ、む……」

「うふ、それならわたくしに分があるではありませんか……はむ、チュ、ぷ……」

熱を帯びた三人の吐息が屹立をかすめていく。

それだけでたまらなく心地よく、ただでさえ大きなサイズのペニスが肥大化を開始し、すぐにでも射精したい欲望に駆られてしまう。

「あっ、えっ……ううっ」

股間に聳える肉竿が苦しそうに脈打ち、下腹部を這い上がる肉悦に鳥肌が立つ。

（なんだ、これ……っ!?）

三つの舌が、屹立を中心にして絡まり合っている。

透明な液体が肉竿の表面をコーティングしていき、室内に差しこむ光を浴びて淫靡な光沢を放つのだ。

清は今、快感神経以外のすべてが奪い去られてしまうかのような心地がしていた。

「うっ、そ、んな……くうっ、う……」

とにかく気持ちがよくて、射精以外のことを考えていられそうにない。

三人の舌は肉竿全体を隙間なく唾液まみれにしてしまう。

舌のざらざらした面でシャフトを擦られると、名状しがたい快楽の虜となってしまいそうになる。

肉棒を舐めつつ上目遣いを清に向ける三姉妹の視線が、否応なく射精衝動を高ぶらせる。

「んっ……お兄ちゃん、もう、おっきくなってるよお……ふっ、ちゅ……ちゅ、く」

「ちゅぶ、チュ、る……にーに、きもちいい……？　若央のおかげだよね？」

「んふっ、お兄様が喜んでらっしゃるのは、わたくしのおかげですわ……ん、ちゅ」

満遍なく唾液を塗りたくり、肉棒はすでにどろどろになってしまっている。

加えて先走りは収まることなく溢れ続け、それらは余すことなく三姉妹の舌に掬い取られていく。

熱棒はさらに増して膨張していく。

三人の舌は裏筋から根元、亀頭と鈴口、感じるポイントを容赦なく舐め続けるのだ。

「お兄ちゃん、むくむくしてるよお……」

「ほんと、だね……苦しいの、かな……？」

「お兄様、ご無理をなさらないでください……ン」

敏感な亀頭には、特に入念に刺激を送りこんでくる。

美少女三人が裸のまま自分のペニスに奉仕してくれているなんて刺激が強すぎる。

全身の血液が瞬く間に下腹部へ集まってくるのだ。

「びくびくって、してもいるね……じゅ、う……れろ」

「早く、出したいんでしょ？　ちゅ、む……ン」

「うふ、こんなにして、いけない子ですわ……れろ、ちゅ」

休む間もなく三人の舌が入れ替わり立ち替わり鈴口を訪れ、尿道の残滓まで搾り採られてしまう。

シャフトから睾丸まで這い回る熱の感触に、むず痒さが股間から全身へと走り抜けていく。

「ちゅ、ぷ、ん……ぶ、ン……すごい、におい、だよ、ちゅ……じゅ、れろ……」

「ン、ふ……にぃ、にのっ、におい、だね、あ……ン、ふ、あ、ん……」

「じゅ、ぶ……ちゅむ、ちゅ……わたくしの、だい、すきな、におい、ですわ……」

三姉妹は淀みなく舌を絡めていく。

血管の浮かび上がったシャフトを這い回る三つの舌は、ともすれば異様な光景に見えなくもない。

だが今は妹たちの繰り出す攻めにそんなことを考えている余裕はなく、目を閉じて、射精の瞬間を待つしかない。

あまりの快感に腰が勝手に浮き上がり、射精への欲求に清の思考は蝕まれていく。

「お兄ちゃん……」

「にーに、気持ちいい？」

「お兄様……いかがですか？」

妹たちはそんな兄の反応を喜び、さらに熱のこもった舌愛撫を施していく。

異常なまでに太い肉棒を、一人ずつ口を大きく広げ根元まで咥えこむ。

それを繰り返しつつ、清の射精を心待ちにする。

淫乱な姿をした姉妹が揃い、清の興奮に拍車を掛ける。

「ん、ちゅ……くすぐったいの？　ちゅく、ぷちゅ……ン、ちゅ……ン」

「にーに、まだ、おっきくなってくよ……れろ、くちゅ……ふ、む……」

「お兄様、うふ、そろそろ、なんですね……ン、ふ……ちゅ、ぶ……く、ちゅ……」

清の下腹部を責める三人の妹たち。

勝負のことなどとうに忘れてしまい――今はみな兄を気持ちよくしたくて、健気な奉仕を続けているのだ。

その甲斐あって、清のペニスはもはや限界と呼ぶべき段階へ突入してしまった。

すぐにでも射精の瞬間を目にしたい妹たちは、ひたすら肉竿へ口唇接触を繰り返す。

「ちゅ、ぷ……お兄ちゃん、いっぱい、気持ちいいおつゆ、出ちゃってるよお……ン、くちゅ……ちゅ」

音子は亀頭にたっぷりと唾液を付着させ、くびれを中心に舌技を繰り出す。

暖かい舌に包まれた亀頭は止むことなくカウパーを溢れさせる。

舌先を様々な形状に変え、包みこむように、あるいはまた弾くようにしつつ先端をいじる。

「にーに、ちゅ……すご、い、かたいよお……ちゅる、レロ……ぴちゅ、ちゅ、ンっ、

「はっ、う……これ、どう?」

若央は裏筋を舐め上げることをはじめ、肉筒全体を丁寧に磨き上げるように舌を動かしていく。

舌の表面部分を巧みに動かし、シャフトへ熱を伝えていく。

表と裏の筋をなぞるようにして舐めてくるのだ。

するとペニスはまるで鉄の芯を組みこんだかのように硬化してしまう。

「ンふ、お兄様ったら……ちゅ、はむ……さっきから、出したい出したいって、ビクンビクンしてますわ……」

御華はというと、兄の精液の溜めこまれた睾丸へ、舌を向けていた。

舌の上で睾丸を転がすように動かしてみせる。

根元への奉仕も忘れない。

陰毛をかきわけるように舌先を尖らせ、睾丸とシャフトの境界まで、隈なく舐め尽くしていく。

(これ、すごい……)

肉棒はこれで、睾丸から亀頭まで妹たちのなすがままだ。

三姉妹の舌がそれぞれ極上の刺激を送りこんでくるために、屹立はピンと真上を向いてしまい、いつ噴火してもおかしくはない。

（こんなんじゃ、すぐ……うう）

妹たちの裸を見せつけられたときからずっと、この瞬間を待ち望んでいた。

妹たちの顔に射精したい——理性が奪い去られた今、清の脳裏をかすめるのはそんな邪悪な欲求であった。

「うっ、あ、くう……っ」

「ちゅ、ンむ……お兄ちゃん、出ちゃうの？　ン、ふ……我慢しちゃ、だめだよお」

「ちゅ、ン……れろ、くちゅ、ぷ……にーにぃ、出してえっ！」

「お兄様、わたくしに、お兄様の子種汁、たくさん授けてくださいましっ！」

普段の清ならそんな考えは頭の片隅に押しやってしまうのに、この状況下でそれは射精を我慢する次に難しい。

（だめだっ……すぐに、出ちゃうよ！）

「うう、もう……」

快感の塊が姿を現す。

膨張を続けていた剛直が弾け、ついに肉欲の滾りを爆発させる。

「出る！　くっ、ううアアっ！」

屹立が一際激しく脈動した直後——。

「きゃっ！」

「ひゃあっ！」

「あんっ！」

鈴口から勢いよく白濁の液体を噴射させる。

「お兄ちゃん！　いっぱい出てるよお！」

トリプルフェラの威力を目の当たりにした肉根は、治まる気配を見せぬまま延々と射精を続けてしまう。

「にーに、すごいっ！」

姉妹は射精の嵐を浴びようと、肉棒に顔を寄せ合う。

「ああんっ！　お兄様っ！　わたくしにっ！　わたくしにくださいませっ！」

清が大量の精液を放ち終えたとき、三姉妹の顔は白濁に染められてしまっていた。

3　代わる代わる

清の匂いが詰まった精液の雨に打たれ、姉妹はみな陶然とした表情を浮かべている。

「お兄ちゃん、たくさん出たよお……」

「にーに……すごい、いっぱい……」

「お兄様……素敵ですわ」

一度射精を果たしても、雄の象徴は毅然とした姿で反り上がったまま。

裸身を晒した妹たちの膣内へ挿入したい——そんな思いが湧き上がってくるからこそ、肉根は硬化した状態を維持していられたのである。

「お兄様、こちらに横になってください」

御華がリビングに敷かれたカーペットを示す。

仰向けに寝ろと言いたいようだ。

「……う、うん」

「ありがとうございます……えいっ！」

言われた通りにすると、その途端に御華が清の身体に抱きついてくるのだった。

すぐさま恥骨に肉竿を擦りつけ、腰を前後に振り始める。

「あんっ！　お兄様のおち×ちん、硬いですわ……」

左右の頬を朱に染め、御華は下腹部を押し上げる剛直の力強さに目を細める。

「あーっ！　御華ちゃんズルい！」

「御華っ！　だめっ！」

「早い者勝ちです」

そう言った御華は特等席を頑として譲らない。

二人の姉が悔しがる様子など、末の妹にとっては誉め言葉以外のなにものでもないのだった。

「……御華？」

「うふ、お兄様……今は、じっとしていてくださいませ――」

艶めいた微笑みを浮かべつつ、御華は清の顔に唇を近づける。

「えっ……なにを、あ、やめっ、御華っ！　ひあっ！」

清は悲鳴にも似た声を発してしまった。

「御華っ……ううっ、なっ、なにを、して……くっ、う……」

「なにをと言われましても、うふ……ご覧の通りですわ」

御華が舌を唇から突き出し、そのまま清の肌に差し向けたのである。

「わたくしに、好きにさせてください……チュ、る、ン……ぷ、ちゅ……」

そのまま御華は自身の熱舌を清の肌に滑らせていく。

まずは首筋を下から上に向け、丁寧に磨く。

徐々に上へと移動していき、頬や、左右の耳をじっくりと撫でる。

「うっ、ふっ、く……」

組み伏せられている状態のため、逃げ出そうとすれば御華を突き飛ばして怪我をさせてしまう恐れがある以上、無茶をするわけにはいかない。

周到な御華のことだから、そんな清の優しさも考慮に入れた上で、こうした大胆な行動に及んでいるのだろう。

「あっ、ダメだ、御華……」

清の股間は早くも、敏感な反応を見せてしまっていた。

「あン、お兄様の、オチ×ポが、わたくしのオマ×コ、ぐいぐいしてきますわ……ン、お兄様……わたくしがこれから、一生懸命、気持ちよくさせてあげますからね」

ここから先、リードするのは自分だと言わんばかりの御華。

二人の姉に見せつけるように、清の身体を舐め回していく。

「い、いつか、お兄様の全身を、舐めて差し上げたいと、思っていましたわ……ちゅ、ン、ふ……レロ、む、ふ……その願いが、ふ、ン、叶いましたわ……ちゅぶ、ぷ、ン……」

耳たぶやを甘噛みしたり、舌を筒状に変えて中へ挿しこんだりしていく。

鼻の頭、目蓋、言うまでもなく唇まで御華はしゃぶり尽くそうとする。

「ぷちゅ、お兄様……ン、は、あったかい、ちゅ、ぶ、ン……」

顔の部位それぞれ一つ残らずたっぷり舐めていった後、さらに下方へ舌を伸ばした。

「御華、だめだ、そんなところまでっ……っ！」

かすかに汗ばんでいた腋を舐められてしまう。

「ンふ、お兄様の濃厚な香りがします……わたくしをエッチにしてしまう香りですわ」

御華は執拗と思えるほど熱心に腋の下を啄《つい》ばんでいた。

まるでそこから母乳が湧き出ると信じて疑わない子猫のようだった。

「ちゅ、ンむ、ふ……お兄様、れロ、くちゅる……おいしい、ちゅ、む……ですわ」

それからさらに、清の手のひらへ御華の唇はキスをした。

爪の先から指の間まで、御華は唾液を付着させていく。

「ちゅ……ン、ぷ、くちゅ、る……ふむ、ちゅ……わたくしも、興奮してしまいますわ」

左右計十本の指を御華は隈なく磨き上げていく。

熱を孕む舌が、全身を移動していくのだった。

「はむ、ぷちゅ……ん、あ、ン、ふ……レロ、ちゅ、ちゅ……わたくし、おかしくなってしまいそう……ン、お兄様のお身体、なめなめ……やみつきに、なりますわ……」

巧みに舌を擦りつけ、清の肌へ唾液の潤いを与えていく。

御華の舌が通り過ぎた箇所から高い熱が生まれ始めていた。

「む、むむ、御華ちゃん……」

「……御華、いい度胸ね……」

二人の姉は意外にも、御華を止めようとはせず、傍で見ているだけだ。

ただよく見れば二人の額に青筋が浮かんでいるように見えなくもない。

音子と若央にしてみれば、末の妹に兄を独占され面白いはずがない。

「ンふ、お兄様のお身体は、わたくしが、気持ちよくして、さ、差し上げるんですからね」

だが二人の見ている前で、主人とじゃれ合う猫になり変わっていた御華は、波乱の予感もどこ吹く風といった調子である。

御華の奉仕は清の首元から始まり、肩、肘、指先の次は大腿部へ。

そこから前脛骨の表面を通過し、舌先が足の指へ向かう。

「ひえっ！　や、あ、ウ……」

指先を一本ずつ口腔に含み、舌で味わっていく御華。

子猫に化けた御華はこうして、満遍なく清の全身を舐め尽くしていった。

「ちゅ……ンふ、お兄様……ごちそうさまでした」

やがて清の身体を堪能したらしい御華は唇を離した。

もちろん即座に挿入へと向かう心づもりである。

「お姉様、ごめんなさい……お兄様の一番オチ×ポは、わたくしが頂戴いたしますわ」

御華は二人の顔をちらと見て、微笑を浮かべる。

その妖艶な姿は小悪魔そのもの。

「あっ……ああっ、お兄様の、太いの、オチ×ポ、わたくしのオマ×コが、咥えちゃいますわっ……んうんッ！」

御華は仰向けに横たわる清の股間に自ら腰を落とし、射精を一度果たしたはずのペニスを自身の内側に招き入れる。

「ああっ……おにい、さま、の……おっきな、オチ×チンがっ、おくまでっ、ずんずん……おしあげて、きま、すう……ううっ！」

硬い肉棒は容易に妹の身体を串刺しにしてしまった。

「ンはっ、アアン！　これ、いいっ！　お兄様っ、好きですわっ、ンあ、すごいっ、あっ……オマ×コっ、オマ×コめくれちゃいま、す、ううっ！」

御華はすぐさま腰を振り、肉根を扱き上げつつ圧迫してしまう。

真上に向けて伸びる屹立は子宮口を穿ち、妹の最奥を激しく叩く。

「ひン！　あっ……ン、気持ち、いい……すご、い、あ……きゃああっ！」

突然発せられた御華の悲鳴――。

それは二人の姉が、御華の身体に揃ってボディタッチを開始したからだった。

「むふふ……御華ちゃん、一人でお楽しみはダメだよお……お姉ちゃんたちも、混ぜ

てくれないとお」

「御華ったら、さっきはよくも言ってくれたわね……お姉ちゃんより、こんなにおっきなおっぱいして、いけない子……お仕置きしてあげないと！」

その腕を左右から姉二人がロックし、さらに豊満な果実へと愛撫を施していく。

「ひいっ、そんなっ！　お姉様っ！　あンンんッ！」

左から音子の手が、右からは若央の手が、それぞれ御華の柔肉へと伸ばされていく。

そのまま手のひらの上で裸の胸を転がし、敏感な反応を見せる双乳をもてあそぶ。

特に若央は自分よりはるかにサイズの大きな妹の胸へ、日頃の憂さを晴らすかのごとく巧みな手捌きで御華を追い詰めていく。

「ダメッ！　おっぱい、さわっちゃ、いやあぁンっ！　んひぃぃぃい！」

音子と若央は見事なコンビネーションを披露し、妹を愉悦の深淵へ突き落としてしまうつもりのようだ。

「早く代わってほしいもん」

「ねえ御華、この胸……少しわけてくれてもいいんじゃない？　邪魔でしょ、こんなにあったら……このっ、このっ！」

「そんなっ、お姉様っ、ああっ！　やめてっ、くださいましっ……おっぱい、ぐりぐり、だめっ！　ああっ！　わたくし、お姉様たちの前でっ、達してしまいますわっ！」

余裕に満ちた表情から一転、今の御華は必死に絶頂を堪え、苦しみ悶えているようにしか見えない。

凛とした容姿は影を潜め、愉悦に蕩けきったその表情は牝猫そのものである。

「やだっ！　いやですわっ！　お、にいさ、ま、と、いヒッ、ん！　いっしょ、がっ、あ、いい、のっ、にィ……わたくしだけっ、さきに、イッちゃいますっうう！」

「お兄ちゃんとイキたいんだ？　でも、一緒なんて、だめだよお」

「にーにより、先に、いかせてあげるんだからっ！」

騎乗位で清の裸身にまたがる御華は依然肉柱に貫かれたまま。

その身体は今、ほとんど二人の姉に支えてもらっている状態だ。

「ふひっ！　ああっ、そんなっ！　お姉様、ダメですわっ！　止めてっ、くださいませっ、おっぱいっ、いじっちゃ、いやああっ！」

姉二人の愛撫にいいようにされてしまう一方で、下から突き上げる清の肉根から、激しいピストンが繰り出されてしまう。

「だめ、もうっ！　イッ、てしまいますっ！　はっ、あ……いっ、ひゃああ、ああ！」

がくがくと御華はその身体を痙攣させてしまう。

言うまでもなくアクメを迎えたのである。

「御華ちゃん、気持ちよかったかな？」

「御華、イッちゃったんだね……」

二人の姉が妹を攻める手を休めると、騎乗位で腰を振っていた御華は清の身体にしなだれかかってきた。

「あ、はっ……あっ、ンは、あ……おにいさ、ま……きもち、い、い、で、すぅ……」

熱い吐息を兄の裸につきつつ、御華は絶頂の余韻に浸る。

ただ妹は随分と堪能したらしいが、清はそうではなかった。

「え!? あっ、イヤっ！ ひっ、いっ、いひいっ！ あっ、そんなっ！ いやっ、らめ、れ、すう！ おにい、さまっ！ いまっ、いっちゃったのにいい！」

清は腰を少し浮かせ、再度御華の膣奥向けて激しく腰を突き出し始めたのである。

「らめっ！ いった、ばかり、なの、にっ、いいっ……オチ×チン、ずぼずぼっ！ されたらああっ！ はうんっ！ またイッてしまいますっ！ ンううッ！」

絶頂を繰り返す御華の子宮口目がけ、突き上げを再開する。

緊張した膣内が肉竿を締めつける中、それをものともしない強力な前後運動が、清の下腹部から繰り出される。

「御華ちゃん、いいなあ……」

「うう、羨ましい……」

二人の姉が手を休め見守る中、衰えることのない強烈なピストンの威力に御華はなす術もない。

「御華、そろそろ、出るよ」

「はっ、はいっ！　くだっ、さいいっ！　おにい、さまの……せい、えき……いっ、アクメオマ×コのなかにいっ……いっぱいっ、いっぱいだして、くださいぃッ！」

肉棒が締めつけに耐えきれず、子宮に向け精液を噴出させる。

「イヒッ！　ン！　ひいっ、おにいさまっ！　そんなっ！　わたくしっ、いっちゃっ、て、る、のにぃぃい！　だめっ！　また、イクっ！　いきますっ！　いっくううっ！」

やがて、膣内に収まりきれないほどの白濁液をぶちまけると、御華の意識は暗闇に閉ざされてしまった。


御華がノックダウンしたところで、次は若央の番である。

というのも長女音子が「お先にどうぞ」と言って譲ったから。

音子は、清と最後に繋がることによって、二人きりの時間をできるだけ長く堪能したかったのである。御華はしばらく目を覚ましそうにないし、それはおそらくすぐ下の妹も同じであろうと踏んだのだ。

「う、うん……」

一方御華の痴態をまざまざと見せつけられた次女の若央は、すぐにでも清と繋がりたい一心であったため、ありがたくその申し出を頂戴することにした。

「にーにぃ……これで、して……」

やはり胸を気にしているのか、若央はお尻を突き出すような格好で挿入をせがむ。

短距離を専門とする妹の引き締まった美尻が、清の方へ向けられた。

「うん、わかった」

依然として硬いままのペニスは、高く掲げられた白桃の奥へ潜む妹の秘裂へ垂直に伸びていた。

「……いくよ！」

若央の腰に手を添え、清は肉棒を突き刺していく。

男根が体内へと入りこむ快感に、若央の全身が総毛立つ。

「あ、くるっ！　ひにゃ、ああっ！　きちゃ、うう……うう、ン……んんッ！」

入り口を通過した亀頭は膣道を押し広げながらぐいぐいと奥へ侵入していく。

（熱くて、おっきいぃ……）

肉棒の通り道は、すでに充分濡れてはいる。

とはいえ清の肉棒はやはり太く、比べて膣内は狭すぎるほどに狭いため、一筋縄ではいかないのだ。

「あっ、くる、よおお……にーにが、はいって、く、るうっ、ンうう……んっ！」

狭い膣壁の間隙を縫って徐々に肉針が奥へ挿しこまれていき――ほどなくして最奥へ到達した。

（にーにが、一番奥、きてるう……幸せぇ）

亀頭が子宮の入り口にキスを果たしたのである。

「にぃ、にが……おくまでっ、はいって、くれたあっ、あンううっ……んあンっ！」

兄を深部に迎え入れることのできた感激に、全身が沸き立つ。

妹のもっとも敏感な扉に届いた先端は、そのまま同じ箇所を突き上げていく。

（はううっ！　これっ、好きっ！）

その過程で膨れ上がった亀頭が膣襞を擦り続ける。

乱雑に膣内を混ぜ返す肉筒の動きに、若央の全身がわななく。

「にぃにの、おっきくてぇ……にゃお、の、なかっ、こわれちゃうよお……っ！　ひいっ、あ……はいり、きらにゃいいっ！」

若央の美しいヒップに清の腰が打擲される。

鍛え上げられた若央の身体に、びっしりと汗が浮かぶ。

「そんにゃっ、にぃっ、にっ！　はいってきてっ、うれしっ、くてっ！　はいちゃったっ、らけれええっ！　もうっ！　いきゅっ、のおぉ！　いっひゃうのお！」

トラックを躍動するアスリートの身体が、抽送を受け反り上がってしまった。

若央の恥声が室内に満ちていく。

(まだ、繋がれたばっかりなのにぃ……)

このままではすぐにでも、絶頂の階段を昇りきってしまいそうだ。

できるだけ長い間、兄と繋がっていたい——そう思っても、自分で調節できるものではない。

(なかっ、ぐりぐりされちゃうぅっ！)

熱棒は若央の狭い膣内をかき混ぜ、深い快感をもたらしてくれる。

「らめっ！　ひあ！　しょこっ、らめえっ！　おくのっ、いりぐちっ、ぶつかってるにゃあンんっ！　しょこばっかりっ、らめええっ……あ、あうっ、んんン！」

視界は明滅し、意識を保つことすらままならない。

ただひたすら兄の繰り出す抽送に酔いしれる。

(お腹熱くてっ、変になっちゃう！)

淫裂から浸み出した大量の愛液が、床に滴り落ちていく。

バックから突かれる若央の背中が、赤く染まったゲレンデに変わっていた。

(もう、だめぇ……)

手足の感覚は奪われ、その代わり肉棒を受け止める神経は鋭敏になっていく。

若央の肢体は芯から揺さぶられてしまう。

「にーにっ、にゃおのっ、おく、おかされちゃうよおおっ！」

アスリートの身体は肉柱に貫かれ、若央の唇から艶声が撒き散らされる。

「うあっ、若央……うっ、く……えっ⁉　うあっ⁉」

抽送に集中していた兄のもとへ後ろから忍び寄り、そのアナルを指でいじり舐め始めたのは長女の音子だ。

「お兄ちゃんも、いろいろ、いじってあげる……ちゅ、る……」

音子は清の乳首へ舌を伸ばし、指先はアナルへ沈めつつ射精を促してくる。

「音子、そんなっ、うう……」

尻穴をいじられる未知の刺激は、しかし間違いなく清の興奮を飛躍させるのだった。

「お兄ちゃん、若央ちゃん……ン、れろ……ん、ぷ、ちゅ……お手伝い、してあげるねっ……くちゅ、ぷ、ちゅ、ン、む、ぷ、ちゅ……」

「りゃめえ！　おねえちゃっ、いきにゃりっ、にぃにがっ、はげしくきてりゅからああっ！」

「も、う、だめだっ……」

長女音子の攻めから逃げ惑うかのように、清は前後運動を加速させてしまう。

若央はそのために、すぐさまオルガスムスを迎えてしまうこととなった。

「ふあっ、ああ！　にーに、しょん、なあっ！　もうっ！　いっちゃうよおお！」

若央がきゅっと肉棒を根元から締めつけた瞬間——。

「あっ！　く……僕もっ、出るっ！」

「らめっ、いきゅうっ！　あちゅい、しぇえきっ！　いっぱいっ、いっぱいそそがれちゃってりゅううっ！　ンっ！　はあっ、ああうっ！」

清の引き金を引く格好となり、その狭い膣内に精液の奔流がなだれこむ。

「ひいンっ！　しぇいえきぃ、あじちゅけされちゃってりゅよおおっ！　ああ……きちゃってりゅう！　イってるところにいぃいい、きもちよしゅぎるよおおっ……っ！」

（はううっ！　にーにの、熱すぎて……イッちゃうう）

自身の最奥に浸みる精液を感じつつ、若央は絶頂へ昇り詰めるのだった。

4　溺れまくって

若央まで気を失ってしまうと、いよいよ長女音子の番が回ってきた。

（やっとお兄ちゃんと……うう、早くう……）

待ちに待った自分の番がやってきて、音子は小躍りしたい気分だった。

無論そんなことをする前に兄といち早く結合を果たしたいのだが。

「お兄ちゃん……んとね」

妹たちを魅了してやまないペニスを見ると、どうしても胸の深みに欲望が滲む。

「今日は――」

音子は立位の清に抱きついて繋がりたいと告げた。

つまり駅弁スタイルである。

「わかった」

清の了解を得たところで、まずは正常位で挿入を試みる。

「ふあっ、あっ、ああ……」

肉竿を迎え入れて後、その状態の身体を抱き起こしてもらうことによって望み通りの体勢へと移るつもりである。

（あうう……お兄ちゃんが、入ってるよお……）

肉茎が内側に潜りこんでいく。

それだけで音子の身体に十分な肉悦が呼び起こされていく。

すでになに一つまとうもののなくなった裸身で、音子は両手両足を清の背中に巻きつけ、その身体に密着する。

「……あっ、お兄ちゃん、すごっ、いっ、よぉ……」

完全に挿入を果たすと、兄は簡単に自分の身体を持ち上げてくれた。

するすると滑り落ちるような形で、肉角が子宮口へと突き刺さる。

「ンああっ！　お兄ちゃんが、なかっ、にいっ……入って、くるよお……ひいっ！　ああっ、きあっ！　きたあああっ！　はう……ンああっ！」

一瞬にして最奥を穿つ清の肉槍。

その衝撃は、結合を果たした瞬間音子が身震いしてしまうほどだ。

「あひっ、あっ、いいよお……お兄ちゃん、がっ、とどいてっ、る、うう……うれしいいっ、いいッ！」

抱きかかえられた肢体に、細波が広がる。

（イッちゃってるよお……）

兄と繋がるのを待ち侘びていた分、それが果たされた身体は簡単に昇天を許してしまったのである。

「ひっ、ヤっ　あっ……フ、ああっん！　おにいちゃ、ん！　ンっ……ん、ひっ、い、そ、ん、なっ、あああっ！」

だがこんなものは序の口にすぎなかった。

「はっ、ひっ、い……いう、くっ、ふああっ！　いまだめっ！　そんなっ、あっ、ひっ、くうっ！　はげしすぎるよおおっ！　やっ、めえっ、てええ！」

清が抽送を開始した途端、身体を支える軸が崩れてしまいそうな感覚に陥る。

肉棒が最奥を撃ち、子宮口をぐりぐりと押しつけてくるのだ。

激しい抽送にシンクロするかのごとく、音子自慢の巨乳が激しく揺れる。

この体勢はおよそ兄の肉槍がもっとも深い挿入を可能とする形であろう。

「はうっ、うう……これっ、すごいっ、お兄ちゃんが、いちばんっ、おくっ、つきやぶりっ、そうだよおおっ！　どうしようっ！　いやっ、あっ、もう、きちゃううううっ！」

だからこそこの格好を望んだわけであるが、深い余韻を味わうようなものではなく、一つ一つの衝撃があまりに強力なため、音子は理性を保つことに必死だった。

勢いがつく分抽送の威力は激しさを増し、音子の秘洞は抉られてしまう。

（奥、すごい……よお）

「すごっ、くっ、気持ちっ、いい、よおおっ……あっ、はっ、ヒッ……おま×こっ、おま×こっ……おっきくなるううっ！　ひろげられちゃうよおおっ！」

繋がる体勢が特殊なだけに、音子は振り落とされないよう必死になって清の身体にしがみつく。

すると肉槍の刃がより鋭利な凶器と化して、膣道に襲いかかるのである。

この快感のループから抜け出すことは、膣内に射精が果たされるまで許されない。

（気持ちよすぎだよお……）

一突きごとに意識が吹き飛ばされてしまうかのようだ。

身体全体の体重が肉槍に突き刺さり、音子の身体を真っ二つに割る。

肉角が穿つその先端から、音子の肢体へ愉悦の味が広がっていく。

「はうっ、うぎ、うっ！　ひい、そんなっ……ちゅよくっ、なかっ、ちゅかれっ、ちゃったりゃああっ……おま×こ、おかしくなるよおおっ！」

長女の身体はその衝撃に耐えられず、結合したまま絶頂を繰り返してしまう。

限界まで肥大した赤黒い肉根が、しかし絶え間なく長女の膣を削り続ける。

（だめっ、だよお……イッちゃってるのにい、うう……）

お腹を突き破らんばかりの勢いで膣内を攪拌する肉幹。

膣肉のうねりを正さんとばかりに、屹立はまっすぐ秘口へと向かう。

「ひやっ、らっ、ああ、しゅ、ご、い、よおっ、ン！　おなかっ、ひっかかれちゃううっ！　ふかくっ、までっ、おち×ぽされちゃうううっ！」

美しい茶色の髪が、前後運動に応じる形で左右に跳ね回る。

肉銛が往復するたびにくびれが膣道を引っかき、音子の身体は痺れを催してしまう。

「すごい、きついっ……」

「お兄ちゃんっ、してええっ！　もっと、おくっ！　いちばんっ、おくっ！　ぐりぐりしてえ……お兄ちゃん、のでっ、おま×こっ、いっぱいしてくださいいっ！」

「音子……いくよっ！」

次第に膨らむ甘い刺激は全身を駆け抜け、音子の身体を内側から熱していく。

両胸の膨らみは激しく揺れ、清の身体に眠る射精の衝動を呼び起こす。

「きてええっ！　おにいちゃんっ、おねがいっ！　いっぱい、いっぱいだしてくださいいいいっ！」

「うう、く……ぅッ！」

この日何度目かわからない射精によって、膣内には大量の精液が放たれていく。

「ンはあっ、ああっ！　きたああっ、お兄ちゃんのっ、さきっぽからあっ、でてるうっ！　たくしゃんっ、でてるうよおおっ！」

あまりの衝撃に目蓋の裏で星が瞬く。

淫精に呑みこまれた音子の身体は、激しい震えを生じてしまう。

「ヒあっ……すごしゅぎいっ、いい……らよお、おなか、いっぱいに、なっちゃうう」

兄に抱きかかえられた格好のまま、音子は荒い呼吸を繰り返す。

「はっ、あ、う……気持ち、いいっ、よおぉ……お兄ちゃん、大好き……」

（火傷しちゃうよお……）

兄の笑顔を最後に見届け、音子は静かに目を閉じるのだった。

結局セックスに夢中になっていた三姉妹は、案の定本来の目的を果たすことなく、その日一日肉欲に溺れていたのだった。

第五話 ご主人様、みんな仲良く愛してニャ！

1 ねこねこハーレム

――週末。

「……はあっ」

リビングには、頭を抱えながらため息を繰り返してしまう清がいた。

そんな兄を囲むようにして、ばつの悪い表情を揃えた三姉妹が座っている。

「あちゃー、やってしまいました……」

一枚ずつ、姉妹にはプリントが配られていた。

「あたしはいつもとあんまり変わら……ううん、やっぱ下がってる……」

四人はただ今、会議の真っ最中である。

「わたくしは……お、落ちています」

議題はというと——三姉妹の成績について。

兄妹が関係を持ってからすでに一カ月以上が経過していたが、それから今日に至るまで、昼夜を問わず性行為に励んでいた。

(こんなところまで仲良くなくても……)

その結果、家にいても学校にいてもセックスのために勉強時間が削がれる格好となった妹たちは、揃って成績を落としてしまっていたのである。

(まあ、わかってはいたしなあ……)

毎晩遅くまで身体を重ねていれば、勉強に割り当てる時間を確保できるわけもない。

そもそも清との情事で埋め尽くされたピンク色の脳内に、勉学の知識が入りこむ余地はなかったのだった。

「うーん……解答用紙にバツ印ってあるんだね、知らなかったよお……」

「前より悪いなんて、ほとんどビリの方……で、でも英語は三十点上がったよ」

「まさかこのわたくしが暗算を間違えるなんて……」

成績不振を悔恨する姉妹のレベルはそれぞれであるが。

(でもこれは、さすがに、まずいよなあ……)

なかでも学年トップを二年以上ひた走り続けていた音子が、その座をついに明け渡すのみならず、自らの順位を十五位にまで引き下げてしまったことは少なからず校内に動揺を走らせていた。

（臨時の職員会議まで開かれるし……僕のせい、だよなあ……）

無論名門と呼ばれる秋目女子学園において、学年十五位ならば悪くもなんともないのだが、音子の場合これまでの成績が神懸かりとでも言うべき優秀さを誇っていただけに、周囲の反応も当然と言えば当然である。

しかも音子は今年受験生——学園中の人間がその進路に注目し始めていた矢先の失態であった。

青シャツからは「彼氏でもできたんじゃないか、ちゃんと躾けておけよ」などと嫌味を言われたが、妙なところで勘の働く男である。

若央も最近はなかなか陸上部のタイムが上がらず苦しんでいるようで、御華も今回のテストではらしくないケアレスミスを連発してしまっていた。

「みんなに話がある……」

事の重大さを鑑みた清は、成績掲示の翌日——つまりは今日であるが——朝食の席で妹たちにそう切り出していた。

「これからはあまり頻繁に、その……エッチをしないように、と思うんだけど……」

この状況を打開しようと、清はしばらくエッチ禁止令を敷くつもりでいた。

（だってしょうがないだろ……）

清はどうしても、自分のせいで姉妹の成績を下げてしまったという責任を拭い去れないでいるのだ。

だがそれを聞いていた三人は、まるで事前に打ち合わせたかのように揃って、

「それだけはダメ！」

と言いながらフォークとナイフを握りしめ、鬼気迫る勢いで清に詰め寄ってきた。

「お兄ちゃん……なにか言ったの？」

「にーに……」

「お兄様……なにを仰ったのか、聞こえませんでしたわ」

三姉妹の冷たすぎる声音が、耳朶の周囲を凍てつかせる。

清に向けられる視線は氷柱と化して突き刺さった。

そんな仕草を惜しみなく披露する三人に囲まれては——いかんともしがたい。

「うっ……わ、わかった、とりあえず、待ってくれ！」


「これはアレをするしかないんじゃないかな？」

「うふ、お姉様、賛成ですわ」

「え……まさかっ、ほんとにやるの？」

「もちろんですわ」

「お兄ちゃん、少し待ってて」

「え？　なにするの？」

「うふ、お兄様、それはお楽しみですわ」

清を解放した三姉妹は、いったん各々の部屋へ退いていった。

清は言われた通り、このまま待機することに。

妹たちは自室へ戻って、なにやら準備に時間を割いているようである。

（うーん、どうしたんだろう……？）

数分後——どうやら用意ができたらしく、音子から「お兄ちゃん、入るよ」とリビングのドア越しに声が掛けられた。

「う、うん……いいよ」

緊張気味で待つ清の返事を聞き、三姉妹が姿を現す。

「……えっ!?」

そこへ現われたのは——。

「——にゃあン！」

どこからどう見ても猫と表現して然るべきコスチュームに身を包んだ、三人の妹たちであった。

「お兄ちゃん、似合うかにゃ？」

「お兄様、似合いますかにゃ？」

音子と御華はなんのためらいもなく言葉遣いまで猫を真似ているようである。

「恥ずかしいけど……にーに、だけ、だから……こんな格好、見せるの……だから、よろこんで、にゃあ？」

二人とは違って、若央はそう言いながら恥ずかしさに頬を赤らめている。

日頃受け取る若央の印象とのギャップが大きすぎて、ドキドキしてしまった。

「うん……すごい、かわいいよ……」

三姉妹が身にまとう衣装は胸元がくっきりと開き、スカートの丈も奥のショーツが見えてしまうくらい短い。おへそは丸見えで、お尻からはどういう仕様なのかわからないが尻尾まで生えている。

「うれしいですにゃ！　前々から、お姉様たちと一緒にこの格好でアプローチいたしましょうと計画していたんですにゃ！」

「そう、なの……？」

三姉妹の装いはそれぞれ柄が若干異なっている。

音子は黒猫を模した衣装で、黒ニーハイ、それから黒のロンググローブに両手両足を包んでいる。

若央は猫科ヒョウ柄のコスチューム。細長い手足と見事にマッチしている。

そして御華は名前の通り三毛猫の衣装だ。白い生地にドット柄のタイツが、ミニスカートから覗く。

「御華、それは……？」

「うふ、これですかにゃ？」

極めつけは三姉妹お揃いの首輪だ。

「お兄様専用の猫である証ですにゃっ！」

御華の首輪には「お兄様専用」と記され、同じように音子の首輪にも「お兄ちゃん専用」とあり、そしてさらに若央の首輪にまで「にーに専用」と刻まれているのだ。

（そんな、専用って……）

「うふ、わたくしたちのすべてはお兄様のものですにゃ！　好きにしていいのは、お兄様だけですにゃん！」

御華は声を弾ませ、ウインクを飛ばしてきた。

「そうだにゃ、全部あげるにゃ」

「うう、恥ずかしい……にゃ」

猫の姿をした姉妹は絶妙にかわいらしいポーズを決め、清を誘惑してくるのだった。

これからなにが起こるのかと期待していると、姉妹は揃って近寄ってきて、清の顔をじっと上目遣いで見つめてくる。

その様子はまるで、子猫が飼い主に愛撫を要求する態度に似ていた。

「お兄ちゃん」

「にーにぃ……」

「お兄様」

だから清は順番に、三姉妹の頭を優しく撫でてあげた。

「わわっ」

するとそうして欲しかったのか、突然三人がぎゅっと抱きついてきたのである。

「お兄ちゃん、わたしたちね、誰がお兄ちゃんの、ううん——ご主人様の一番になるかって、止めたにゃ」

「……そ、そうにゃ……うう、恥ずかしいにゃ……」

「うんとにゃ、これからは誰が一番かなんて、気にしないにゃ」

「だからお兄様、いいえ——ご主人様っ！」

「ご主人様には、義務があるにゃ！」

「飼い猫を、かわいがること……にゃ」

「お姉様たちと、みんな一緒に愛してくださいにゃ！」

「……うん、わかった」

子猫姿の三姉妹に向かい、清は力強く頷いた。

「三人とも、僕のかわいい妹――かわいい子猫だからな！」

妹たちに、すべてを捧げてもらえる――。

兄として、子猫たちのご主人様として、吾妹を存分にかわいがってあげるつもりだ。

2　してほしいニャン

清は子猫たちを四つん這いの格好で並べ、お尻を突き出すよう命じた。

「やあん」

中央に音子が、左右に若央と御華たちが柔尻を掲げている。

三人の淫芯は早くもとろとろに蕩けてしまっており、粘着質な液体が床の上に滴り落ちようとしていた。

「恥ずかしいにゃ……」

短い丈のスカートは捲るまでもない。

この格好になった時点で、三姉妹揃ってショーツが丸見えとなってしまっている。

「ご主人様、大胆ですにゃあ」

姉妹の下半身を覆う薄布はたったの一枚。

それも覆う面積のほとんどない、いわばティーバック形状のものであった。

それぞれほんの少し横にずらしてしまうだけで、大事な秘唇が一挙に共演を果たす。

「すごいね……どれどれ、どうなってるかな……？」

「ひにゃ、にゃう、うにゃ、ン……気持ちいい、にゃあん……」

唾液で濡らした指先を音子の姫貝へ挿してみると、温かな淫液に出迎えられた。

一度引き出して指を左右に広げてみれば、透明な液体が糸を引いて伸びていく。

（そのまま入れられそうだな……）

前戯をするまでもなく、音子の膣は潤いに満ちている。

無論二人の妹たちも同様だ。

「こんなに濡らしちゃって……躾けてあげないとだめだね」

「うう、はい、にゃあ……ご主人様ぁ、躾けてぇ……躾けて、くださいにゃあ……」

ズボンを下ろし、剛直を取り出した清は、子猫たちの蜜壺へ挿入を試みていく。

――まずは音子。

音子の桃尻を押さえた清は、後ろから結合に取り掛かる。

「入れるね……」

「はっ、はいにゃ……」

同時に、若央と御華たちへは指先で愛撫を施していく。

いつ挿入へ移っても心配ないよう膣肉をストレッチさせておくためだ。

のだが。

とはいえ、弱点を知り尽くした指は的確な動きで姉妹を絶頂へと追いこんでしまう
「あっ、ご主人様っ！　そんにゃあ！」

「ひっ、ひにャあっ！」

「ご主人、さまぁ……はやくうぅ、ほしいにゃァ……」

肉刀を秘裂にあてがわれたままだった音子が、尻尾を振って挿入をねだる。

「わかってるよ……」

待ちきれないと言わんばかりに大量の牝汁を溢れさせる子猫の膣内に向け、清はいよいよ肉茎を挿入していく。

「はっ、あ、う……うふうっ、ンん……ごしゅ、じん、さま、のお……太くてぇ、かたいのっ、きてるにゃあぁああ！」

音子の膣内は、処女を思わせる強烈な力でもって肉竿を搾り上げる。

（くっ、すごく、きつい……）

膣内はまた窯のように熱くもあり、じっとしていては火傷してしまいそう。

だから清はすぐさま肉棒を前後に動かし始めた。

「ンにゃあっ！　しゅごいっ……おにゃかのっ、にゃかっ、れええ……あばれちゃってるにゃああ！　にゃふうっ！　しつけられちゃうにゃあんッ！」

肉銛が子猫の膣壁を削り取り、淫靡な声で室内を染める。

「ごしゅじん、さまっ！　もっとぉ……もっと、してにゃあ！　おま×こっ、いっぱい、ごしゅじんさまっ、してくださいいにゃあっ！」

無数存在する膣襞が、異物の侵入を感知するや即座に亀頭を包みこんでくる。

後背位の体勢から挿入されるペニスが、膣内の上部を擦りつつ、子宮口を狙う。

「にゃあんっ！　んにゃあっ、あっ、あ、ごしゅじ、んさっ、まっ、あっ……ひにゃっ、あ、なかっ、あちゅいっ、ですうっ！　ひゃ……あアっ！　あにゃあンっ！」

先端が子宮口に到達すると、途端に音子の身体がぐったりと崩れ落ちる。

甘い吐息をたなびかせながら、音子は抽送から届けられる愉悦に身を任せる。

「ぐり、ぐ、りぃぃ……あたって、ますぅぅう！　しゅご、あ、いぃぃいん！　あ、にゃあ、あ……しょんにゃっ、はげしいとっ、おま×こ、こわれちゃいますううっ！」

黒猫の衣装に身を包んだ妹は、唇から嬌声を発し続ける。

お尻の穴から伸びている尻尾、それに茶色く染まる髪が打擲に応じて無造作に動き回っていた。

「んにゃあっ、あんっ！　ひにゃっ、ン……おま×こっ、されちゃうにゃあっ！　にゃ、ご主人様っ、おち×ぽっ、しゅごくてっ、よろこんじゃいますにゃアっ！」

同じように清の視界の中で躍るのは音子の巨大な柔肉だった。

その激しさは他のなにものにも増して抽送の威力を物語っている。

清はそれを鷲づかみにし、荒々しく揉み始めた。

「ひにゃあんっ！　そんにゃっ、にぃ……おっぱい、もみもみされちゃっ、ひうっ、ンにゃあっ！　ンンッ、ふあっ……きもちいいっ、あ、ンにゃあ！　にゃ、あ、あ……」

なおも子宮口を穿つ威力は弱めず、腰を激しく撃ちつけていく。

肉棒を刺しては引き、引いては刺す。

「いひッ！　ヒイっん！　ごしゅじん、さま、あ、ああン！　ンにゃ、すご……い、ふかっ、いいっ、ふかいの、しゅきにゃああ……うにゃン！　きてますにゃあア！」

幾度となく往復運動を繰り返し、音子の秘芯に肉悦を刷りこむ。

「お姉ちゃん……」

「羨ましいにゃ……」

その様子に羨望の眼差しを向ける子猫たち。

早く自分の番が来てほしいと、目で訴えているかのようであった。

「ひっ、へ、あ……ふ、え、へ……きもひっ、よしゅぎてっい、い、にゃあ……はうっ、あ、ふ……あ、う……わかんにゃ、い、にゃンっ、にゃア……にゃあんんっ！」

そんな矢先、ピストン運動の最中に突然音子が身体を弾けさせた。

まごうことなき、オルガスムスの瞬間である。

「音子……？」

清が名前を呼んでも、返事がない。

口を半分開けたまま熱い呼吸を繰り返していたが、やがて音子は快感のあまり気を失ってしまったようだ。

「今度は、若央の、番、にゃ……」

清は肉竿を引き抜くと、粘膜液の絡みついた状態のままそれを若央の方へ向けた。

若央は膝同士を擦り合わせ、挿入を心待ちにしている。

「若央……お待たせ」

若央のお尻の穴にも、同じく尻尾が生えている。

「ご主人、さまぁ……」

ヒョウ柄の衣装をまとう若央は、その手に肉球をかたどったかわいらしい手袋を着用している。頭にそえられたヘアバンドと相まって、本物の子猫のようにかわいらしい。

「入れるね……」

「う、ん……くうっ、う、うう……にゃ、あ、あ、にゃ、ン……にゃあ、あ……にゃ」

狭い入り口に極太のペニスが潜りこみ、カリ首が膣壁を押し広げながら進んでいく。細かな襞がペニスの筋と擦れ、清は快感のあまりのけ反りそうになってしまう。

腰に力を入れ、若央の秘奥を目指し先端を突き進める。

「にゃああっ！　ごしゅじん、さまのおっ、おっきいのっ……くるうっ、入ってきちゃってるにゃあっ！」

先端から竿にかけするすると膣内に吸いこまれ、やがて根元まで完全に収まった。

後ろからすぐさま清は子猫に扮する若央の深部を突き刺しにかかる。

「しょんにゃあアっ！　いきにゃりっ、はめはめ、ちゅよしゅぎるうっ！　はげしいにゃあ！　にゃおにょおっ、おにゃかああ、たえりゃれにゃいいっ！」

清は腰を引き、若央の身体に肉欲の衝撃を叩きこむ。

かすかに動くだけであっても、彫りの深い亀頭部が子猫の膣道を激しく削ってしまう。

鮮やかな金色に彩られた毛髪から覗く若央の耳は、深紅にその色を変えていた。

「ふにゃ、ン！　にゃあ、ア、しゅご、い……きもちっ、いいとこりょおおっ！　あたっちゃってりゅう、かりゃあ……らめえっ……にゃの、にっ……いいっ！」

膣肉の締めつけをものともせず、固い扉をこじ開けるような形で、暴れ馬と化した剛直が若央のもっとも敏感な箇所を絶え間なく穿つのである。

溢れ出したカウパー液が抽送に拍車を掛け、若央の愛液と混ざり合った痴汁を子宮の入り口に浸みこませていく。

「あひィいいっ！　にゃかあッ、しゅきに、しゃれちゃってりゅうう！」

かわいらしいコスチュームを身にまとう若央は子猫そのもの。

若央の唇から引き出される艶声も、猫のそれと同じく甘い香りを漂わせている。

「しょこおおっ！　しょこっ、もっとおおっ、ちゅいてええ！　ごしゅじんしゃまっ、おねがいしましゅううっ！　きもちいいっ、ところっ、いっぱい、ちゅいてええっ！」

ヒョウ柄の衣装に包まれた肢体が、手足から頭の先、それに尻尾まで震え上がる。

早くも若央は目と鼻の先に肉悦を迎えようとしていた。

「らめっ！　いやあっ、んにゃあン！　たしゅけてええっ！　にゃかっ、こすれちゃうにゃあ！　らめ、しょこっ……いかされちゃうンにゃあ！　いッちゃううっ！」

激しいピストンによって生じた摩擦は、若央の身体を途方もない快楽の底へ滑り落としてしまう。

「はニャっ！　あっ、らめッ、しょんにゃあ、ン、あ、ひゃ……りゃめっ、え、え！」

子猫になり変わった若央が、膣道を貫くペニスの威勢に一際甲高い声を上げた。

「ごしゅじん、しゃまあっ！　はげしくてっ、いっひゃい、ましゅっ……んううンっ！」

音子に続き若央も、清の繰り出すピストンを前に理性を維持し続けることができなかったのであった。

「うふ、やっとわたくしの番ですにゃ」

姉二人が汗だくのまま倒れこんだところで、三毛猫に姿を変えた三女御華がいよいよといった様子で清の方へ近寄ってくる。

「よしよし……」

「……にゃあ」

兄に自慢の髪を撫でてもらい、くすぐったさに目を細める。

猫撫で声で主人の気を引いた御華は、上目遣いを清へ向ける。

「ご主人様……たくさんかわいがってくださいにゃ」

そう言って御華は姉二人と同じくバックの体勢から挿入を望む。

四つん這いの体勢から脚を少し開き、肉根を受け止めようとしていた。

三毛猫を思わせるその衣装は白を基調としていて、背を伝う黒髪を見事なまでに引き立たせている。

「まずは……」

「あっ……いヤあっ、ンにゃあァ！」

ドット柄のタイツの恥骨部を、清はビリビリに裂いてしまった。

て応じる。

「こうしないと……」

両手を大きく広げ臀部を撫で回す清の愛撫に、御華は高く掲げた美尻を左右に振っ
ショーツを自らずらしてみせた御華は、見せつけるかのように蜜割れを曝け出す。

「あんっ、ご主人様ぁ……」

「それじゃあ、いくよ」

その期待に応えるべく、清は静かに、腰を突き出していった。

「にゃっ、あ、あ……あ、う、うう……くるっ、にゃ、ア……」

ずぶずぶと肉尖が御華の媚芯へ消えていく。

「ンはっ……あ、にゃ、ン……ひあっ、あ、ん、にゃ……にゃ、ん、う……ひ、い、
ごしゅじん、さ、ま……はっ、あ……はめはめ、して、くりゃさいい……ンにゃあ！」

最奥目がけ猛獣の如く突き進んでいく肉牙が、御華のしなやかな肢体に襲いかかる。

お尻を突き出した子猫の淫裂を、清は後ろから掘り続ける。

獰猛な抽送が深々と刻まれ、子猫の体軀を揺さ振ってしまう。

「らめっ、れす、ニャああ！　そんにゃ、ああ、はげしっ、い、いい！　ひゃあ、ん、
んあ、う……オマ×コっ！　オマ×コっ、きもちっ、いいにゃあっン！」

膝から下に震えを催していた御華は、自力で身体を支えていられなくなってしまう。

「んあ、おく、やっ、アアン！　ひにゃあ……おくっ、ばっかりっ！　らめっ……うう、メスネコオマ×コっ、イカされちゃうにゃああっ！」

　すると清は御華の両腕を引っ張り、奥深くへとそのペニスを突き刺してきたのである。

　三毛猫姿の御華はこうして深々と肉槍の侵略に遭うこととなった。

「はうっ、うう、ンにゃあ！　いや……もう、そんにゃ、ああ！　ご主人っ、さまっ、おっきっ、すぎっ、てえっ……おかしくなっちゃううっ！」

　激しい抽送の餌食となり、御華の肢体が熱に浮かされる。

「にゃううっ！　うにゃっ……ああ、ンん！　オマ×コっ、めちゃめちゃに、されちゃううっ！　ああン！　うう、ふう……ンにゃっ、にゃ……ア、いやあっ！　ああっ！」

　三毛猫の狭い膣内で、肉矛が暴れ狂う。

　黒光る御華自慢のストレートヘアは、清のグラインドを前に輝きを失い、汗ばんだ身体に吸いついてしまうばかりである。

「ひゃ、にゃ！　ンにゃああ！　ごしゅじんっ、さまっ、せんよう、オマ×コっ！　いっちゃいましゅかりゃああ！　にゃっ、あう……ン、にゃ、らめっ、え、ええ！」

　媚唇からは二人の体液が混ざり合った恥汁が垂れ落ち、無数の染みを床の上に生み出している。

清の強靭な攻め手を前に、御華はとうとう我慢できなくなってしまった。

「もう、がまっ、ン、ニャあア！　らめっ、れすうう！　ごしゅじんしゃまあっ！　らめっ！　もうっ、いくううっ！　いっちゃいますうううっ！」

膣肉を散々かき回された御華は、こうしてアクメの快感に打ち倒されてしまった。


三姉妹全員に挿入を終えた段階で、清の肉槍はすでにいつ臨界点を迎えてもおかしくはない状態にあった。

「ご主人さまぁ……」

肉茎は容赦のない凶悪な外見を見せつけ、先走りをこぼしながら脈動を刻んでいる。

「もっとぉ……」

先ほどまで気を失っていた妹たちは目を覚まし、餌をねだる子猫のように、清のもとに群がり始めるのだ。

「してほしいにゃあん……」

第二ラウンドの開始である。

3　全部捧げて

三姉妹の秘洞の入り口には、猫のそれそっくりの尻尾が生えている。

「これ、かわいいけど……」

お尻の穴に直接挿すタイプのようで、張り形に似たプラスチックの先に猫の毛を模したふさふさの尾部が付属されている。

清はまず、それをするっと抜き取ってしまった。

「にゃあ！」

「ひッ！」

「あンっ！」

すると通常よりわずかに広がったアナルが姿を現した。

「代わりに、こっちの穴に入れてあげるよ」

言いながら清は、やや広がった三人の菊座を嬲り始める。

「ンにゃあっ！」

清はこれから、三姉妹の蕾へと挿入を試みるつもりであった。

「ひゃっ、らめえぇっ！」

指の腹を秘孔の奥へ沈め、螺旋を描くようにゆっくりと回す。

「ご主人様っ、そんにゃ！　あううっ……んっ！」

そうして徐々にその円周を広げていくと同時に、固く締まった括約筋を柔らかくしていく。

「ンにゃンっ！　だめですにゃア！」

「ひゃっ、ああン！　にゃあン！」

「ご主人様、そこっ！　あううッ！」

さらに正面の音子へは舌をアヌスの中に挿し入れていく。

「ひやあ！　らめ、にゃ！　した、はいって、きちゃうにゃ！　んん！」

左右の二人は継続して、放射状に伸びる皺を唾液を付着させた指の腹で撫でていく。

「にゃあっ、あっ……にゃおはっ、ゆびっ、きましたにゃあ！」

「ご主人様、おしりっ、きもち、いい、ですにゃ！　ん、にゃ……にゃあ、ンあ！」

徐々に人指し指を奥まで侵入させ、腸道に異物の感触を馴染ませておくつもりだ。

無論大きさも硬さも、ペニスと比肩できたものではないが。

「そんにゃああっ！　なめられっ、てぇ……きもちっ、いいにゃんてぇえっ！」

すでに一度絶頂へ昇りつめていた姉妹は、こうして尻穴への愛撫を重ねていくとみな同じ反応を見せるのだ。

「ンひぃ！　ごしゅじんさまっ、しょれええっ！　おしり、ぐりぐりっ、らめ、ええ！」

どういうことかと言えば、見る見るうちに大量の秘蜜を溢れさせ始めたのである。

「ああうぅ！　ごしゅじんさまっ、のっ……ゆびだけでっ、きちゃうにゃああ！」

すでにショーツを脱ぎ去っているため、蜜汁は止めどなく太腿を伝って流れ落ちていくしかない。

床に同じ大きさの染みを揃え、三人は肛門愛撫に身をよじらせる。

「音子、すごい、もうこんなになっちゃってる」

「にゃ、そんにゃ、ごしゅ、じんさまぁ……みちゃ、らめ……にゃあぁ」

「音子、どうしてほしい？」

清がそう訊くと、猫に扮した長女は自らの手で尻穴を目いっぱい広げ、収縮を繰り返す入り口を惜しげもなく見せつけてきたのである。

「お願いにゃ、ご主人様の、ここにっ、入れてくださいにゃあ！」

「うん、いいよ」

確認のため一度指を挿しこんでみると、第一関節までスムーズに中へ吸いこまれていった。

「すごいね、簡単に入っちゃったよ」

「いやあぁ……そんにゃ、いっちゃいやだにゃあ……」

尻口への愛撫を重ねたおかげで、括約筋は平時より大分締めつけを緩めてくれているようだ。

指を引き抜くと、きゅっと小気味よい音がして直腸粘液が垂れ落ちる。

「じゃあ、入れるよ……」

ゆっくりと慎重に腰を前に突き進め、菊門に熱根をあてがう。

はち切れんばかりに膨らんだ清のペニスは、結合を望むかの如く大量の我慢汁を吐き出し続けている。

「ふあっ……あっ、あつ、いにゃ、あ……」

まずは音子から肉傘を挿し入れていく。

肉幹のもっとも太い個所は、言うまでもなく亀頭のカリである。

「う、く、ふ、うう……ぐ、い、おしりにぃ、ひいっ……入って、くるにゃ……あっ」

円形の尻穴に先端が入りこんでいく。この瞬間が、なによりの難所であった。

「はあ、ふ、う、おしりっ、の、なかっ、はあ……く、る、うう……」

音子の腰を支え慎重に、けれど力を入れて、清は分身を捻じこませる。

肉根を締め出さんとする力は、処女の膣内に勝るとも劣らない。

恐ろしく敏感な直腸は本能的に逆流してくる異物を押し退けようと、苛烈をきわめる圧迫によって肉棒に洗礼を浴びせる。

「ひぎッ、い、は、ぐ……う、あう……ほんとにっ、はひ、いあ、おしりにぃ……きてっ、る……ううンっ！」

音子の悲痛な叫びが、室内を埋め尽くす。

ゆっくりと、しかし着実に先端はその姿を消していく。

「もう、すこ、し……」

やがて亀頭を無事突破し終えると、後は拍子抜けしてしまいそうになるくらい容易に根元まですっぽりと収まってくれた。

「……音子、入ったよ」

後ろから挿入を試みているため、今音子がどのような表情でいるのか視認することはできない。

しかしおそらく人に見せられないような淫蕩な表情を浮かべているのではないだろうか。

肉根を収めた直後から、音子の痙攣が鎮まる気配を見せないのである。

「ひ、い、やぁ……にゃ、にぃ、これぇ……こんにゃ、のぉ、は、じめて……にゃ、のぉ、しゅご、しゅぎて、わから……にゃ、く、にゃりゅう……」

音子の口から紡がれる声音は、普段の澄んだ響きからはほど遠く、喩えるならそこに甘い蜜を何倍も溶かしこんだものと言ったところであろうか。

「あひ、い、いい……ふ、あ、い、ひ」

肉竿が突き刺さったままの音子はなにか言いたそうにしているのだが、なにしろ痙攣に苛まれた身体では振り向くことすらままならないのである。

「……うごひっ、て……にゃあ、あ……」

ようやく清の方へ振り返ることができた音子であったが、案の定その顔は肉悦に蕩けてしまっていた。

「ごしゅじ、ん、しゃま……うごいて、くだしゃ、いませぇ……ふにゃあ！」

言い終わるが早いか、清は腰を音子のお尻に撃ちつけていた。

「あっ、らめっ！　そんにゃあっ、はげしっ！　いいいぃ！」

突然強烈な一撃を見舞われ、音子は目の焦点がずれてしまいそうになる。

固く肥大した肉斧が引き抜かれ、再び腸道に振り下ろされる。

「りゃめ、にゃ！　おしりのあにゃっ、ふかくっ、ささってるぅうっ！　おしりっ、はげしいいっ！　らめっ！　はげしっ、すぎてっ、こわれちゃううにゃああ！」

狭い腸道へ強靭な肉筒が入りこんでいく。

猫耳を象ったヘアバンドが、抽送を繰り出すたびにお辞儀をしてしまう。

ペニスは腸道を擦り上げ、滑らかな表面にくびれの足跡を刻んでいく。

「イク、イクっ！　イクううっ！　おしりのっ、あにゃにいい、おち×ちん、つっこまれてえれええッ、いっちゃうにゃああ！　ああっ、は、あっ……はっ、ヒッン！」

そのうちに、音子は早くも絶頂へと到達してしまったようだ。

一度音子の腸内からペニスを引き抜き、続いて若央の尻穴にフォーカスを向ける。

肉棒が去った後、音子の入り口は清の指によって蓋をされた。

「はひっ、ンにゃぁあァん！」

挿入をしていない間も、攻めを休めることはない。

「ご主人様ぁ、優しくしてください、にゃあ……」

若央は排泄の穴というイメージを払拭できずにいるようで、肛門挿入に少なからぬ恐怖心を抱いているようだ。

「うん、大丈夫だよ……若央を傷つけるような真似は、絶対にしないから」

そう言うと「にゃあ」と微笑んで若央は腰を掲げてみせる。

清はそれから若央の尻穴の上に肉棒を乗せた。

一瞬「ひゃ」と驚いた様子だが、若央はお尻を左右に動かすことで清の肉槍を誘う仕草をしてみせるのだった。

「あ、は、うう……」

肉棒はその中心に位置する菊座へあてがわれる。

肉幹の表面は透明な液体に包まれ、尻穴挿入をサポートしてくれる強力な味方になる。

「いくよ……」

「あっ、ひ、ん……あ、すご、い、にゃ、あ……ン、ンん！」

未だなにものの侵入をも許していない直腸の中へ、剛直が姿を消していく。

音子と比べてそこまで差があるわけではなく、やはり若央の腸道も予想通りではあるが狭い。

歪《いびつ》な形をした肉竿の先端が、徐々に奥底へ迫っていく。

若央は猫の手袋にぎゅっと力を入れ、グロテスクな外面を呈する熱の棒を迎え入れる。

「い……ひっ、い……おしりの、あにゃがっ、あっ……ひろがっちゃううにゃああっ！」

平坦な腸内は、均一の力で侵入者を締め出そうとする。

その力に怯まず、清のペニスが直腸を遡る。

やがて根元まで肉槍が収まると、清はペニスを引き抜き、そして再び突き刺す。

「にゃああっ！　ひにゃ、ああ！　ごしゅじんしゃまああっ！　あヒっ！　いいっ、アアッ！　おひりぃ、してえっ……もっと、いっぱいいい、おしりしてにゃああっ！」

肛道が清のペニスに踏みにじられていく。

腰を前後に動かすだけのシンプルな動きで、若央の快感を最大限引き出してしまう。

「おひりっ！　しゅきぃい！　おひりにょあにゃあ、ずぼずぼしゃれるぅう！　しゅごいィ！　これぇえ、しゅきになっひゃうにょおぉ！」

若央は尻穴を射抜く未知の威力に悶絶してしまう。

「こんにゃ、らめっ、にゃのにいいっ！　おしりっ、の……あにゃれええ！　しゅぐにいいっ、きもひっ、いいからあっ……いっひゃううう！　あひっ、い……」

ヒョウ柄の肢体に肉欲の痺れが突き抜け、若央を失神に至らしめる。

「……やっとわたくしの番にゃ」

若央の次は——こちらもかわいらしい三毛猫に扮した三女御華。

もう待ちきれないといった様子で、四つん這いのままお尻を高々と突き出し、一瞬でも早い兄との肛門結合を望んでいる。

「はやくぅ……お願いしますにゃぁ」

姉二人が先にお尻の処女を散らし、かつ愉悦に乱れ狂う姿を見せつけられていた。兄を溺愛する御華にとって、これ以上はもう我慢することができそうにないのであろう。

「ご主人様ぁ……おしりぃ、はめはめしてにゃあン……」

こんな美少女の懇願を受けては、すぐにでも最奥目がけペニスで貫いてあげたい。

「わかってるよ……入れてあげるね」

清はそう言った直後、菊口に熱を持った肉尖をあてがう。

女性器の真上に位置する尻穴の入り口は、先ほどまで尻尾が生えていたこともあって大分広がっているようだ。

「にゃううっ、ンにゃ……あたってるっ、にゃあ、ア……」

熱棒の先端をくいこませ、直腸挿入を試みる。

上の姉二人と同じように、やはり御華の菊道も細く、容易に肉角の侵入を許しはしない。

「くっ、うっ……」

三毛猫姿の妹の腰を押さえ手前に引きつつ清は自身の腰を前に突き進める。

歪な形をした肉根が、美少女の尻穴にくいこんでいく。

御華は直腸を襲う痛烈な刺激に身をよじらせ、異物の感触に苦悶の表情を浮かべている。

「ひニャ、あひっ……くひっ、いいッ！　ンにゃあ……ああ！　おしりっ、があ、にゃあっ……ごしゅじん、さまのぉ、かたちっ、にぃ、されてしまいますにゃあンっ！」

秘孔への挿入を完了させた後、清は前後運動を開始する。

ゆっくり肉柱を引き抜くと、御華の全身が崩れ落ちた。

「おしりオマ×コっ、すごいっ、すごいっ！　きもちいいですにゃあっ！　ご主人様オチ×ポでっ、おしりっ、おっきくなっちゃいますにゃああっ！」

するど、括約筋が強烈な力で締めつける。

それに負けじと清もピストンを繰り出す。

抽送は御華の尻道を容赦なく抉り、三毛猫の鳴き声が艶を帯びていく。

「はヒっ、イイっ、んン！　にゃあ、あ、う……お尻の、あにゃっ、ぐりぐりっ、されちゃ……らめっ！　きもち、よすぎましゅにゃあアっ！」

まるで行きつく果てを探し求めるかのように、肉槍の先端が奥深くへ突き刺さる。

秘孔を串刺しにされた御華は、ただひたすらオルガスムスへ向け走りゆくのみ。

「しらにゃいのおおっ！　こんなっ、しらにゃいいっ！　おしりっ、きもちっ、いいっ！　こんにゃ、すごいにゃんてっ……らめっ！　しゅきに、されちゃうにゃああ！」

肉茎を挿しこまれ、身体を内側から攪拌されることとなった御華は容易く肛門絶頂に昇り詰めてしまった。

「いやっ、ごしゅ、じ、ん……さまにいっ、おしりでっ、イカされちゃうにゃあっ！　ん、ひう、ああっ……イッちゃってますにゃあ、う……ふっ、にゃあああっ……」

こうして、甘い肉悦が三毛猫の肢体を走り抜けていった。

（僕も、もうすぐ出そうだ……）

三姉妹の肛門へオルガスムスの快感を届け終えた今、肉竿にはいよいよカウントダウンが始まっていた。

その瞬間へ向け、清は再度音子の菊座へ挿入を開始する。

「はうっ、あ、い、ひい……アッ、く、んん……きちゃ、う、よおお！　はあっ、ごしゅ、じん、さまっ、のおお……おっきく、て……へんにっ、にゃる、うう！」

根元まで深々と侵入を果たし、すぐさま前後運動へ移る。

すでに一度挿入をした後であるためか、肛門は先ほどに比べれば実にスムーズな動きを肉棒へ許していた。

「ひゃ、あ、だめ、だよお！　ごしゅじん、さまっ！　またっ、あ、う、か、らあっ！　ほんとにい……おかひくなっひゃううう！」

音子に訪れる快感もそれに伴って増しているようだ。

とすれば、音子が簡単に達してしまうのは必至。

即座に肉棒を引き抜き、休む間もなく若央に挿入を開始する。

「はっ、にゃっ、きちゃっ、た！　ごしゅじん、さまの、おっきいの、おしりっ、ダメなのにっ、きちゃって……おしりぃ、よろこんじゃうにゃあンん！」

若央の体内に侵略したペニスは、抽送のたびにその通り道を拡幅していく。

複雑にうねる若央の腸道へ、肉槍の軌跡が描かれていく。

「ンにゃあうう！　ごしゅじんしゃまあっ！　らめえ、またっ、また、いっひゃいましゅからあア！　おしりでえっ、イカされちゃううっ！」

若央の深部を禍々しい肉杭が撃つ。

ヒョウ柄コスチュームに身を包む若央は、今一度直腸アクメに達してしまう。

「……ご主人様ぁ」

蕩けた声で兄を呼ぶ末の妹御華。

三毛猫となった御華が、肉竿に熱い視線を送る。

「これで、わたくしのすべてはご主人様のものですにゃ……」

清は爆発寸前に至った先端を御華のお尻へとあてがい、剛直を突き刺していく。

「にゃんっ、にゃんっ、ンにゃあっ！　ああっ、ンっ、にゃ、あ……あにゃあっ、あ、またっ……おしりのあにゃっ、ごしゅじんさまっ、にっ、おかされちゃううっ！」

禍々しく勃起した肉直が、肛門を貫き、全身を引き裂くばかりの衝撃を与える。

「ンにゃ、にゃ、おしりっ、いっぱいっ、してえっ……う、ふにゃ、あ……おしりっ、いっぱい、ご主人様の、極太オチ×ポで、おしり、ハメハメしてくださいにゃああ！」

反り返った肉竿が腸道を往復し、御華の肢体を紅潮させていく。

「アあっ、にゃあ……ごしゅじんっ、さまっ、ふかっ、い……いぃにゃあ！　おしりのっ、おっ、くまでっ……きてますっ、にゃあうう！　にゃあ！　にゃン！」

御華の狭いアヌスの奥で暴れ回る肉幹が出し引きされる。

直腸粘液をまとう屹立が尻穴をかき回し、身体の芯に深い愉悦を染みこませていく。

「ひニャ、ン、あっ、にゃンぅ……にゃあ、ああっ！　ごしゅじんさまっ……かたい、おち×ちんっ、にぃいい！　おにゃかぁ、かきまぜられちゃうにゃあっ！」

腸内に襲いかかるピストンに合わせ、御華の柔肉が弾ける。

三毛猫の衣装に包まれた肢体が前後運動を繰り返す肉牙によって震え上がる。

「にゃああっ！　ひンっ！　にゃあ、ああ！　イクッ！　まっ、イクっ！　おしりオマ×コっ……いっ、ひゃ、ああ、ううう！　んにゃあああンっ！」

部屋一帯を塗り変えるような嬌声を上げ、御華は肛門アクメに悶える。

清は射精の瞬間に向け、音子、若央、御華——三姉妹の尻穴に挿入、しては抜き、挿入、しては抜きを繰り返し、全員に万遍なくピストンを施していく。

「ひいっ！　ンにゃああ！　おくっ、ぐりぐり、すごいにゃああ！」

「にゃめええっ！　はげっしいっ、ヒっ、イカされるにゃああア！」

「ン、ひい！　おにゃかっ、あっ、アッ……けずられちゃううっ！」

三姉妹が身につける首輪——隷属の象徴であるそれは、他ならぬ清を主人として認めるものだ。

目の前に繰り広げられる光景が、首輪に刻まれた文字よりも鮮烈にそれを物語っている。

（おれも、もう……っ！）

妹たちの乱れ狂う痴態を見せつけられ、溜めに溜めこんだ肉欲の塊がいよいよ下腹部へせり上がってきた。

「ああ……うう、にゃ、う、うう……まだっ、おっきくなってますにゃあ！」

「にゃあああ、もうらめえっ！　おにゃか、おしゃれてぇ、へんになっひゃうう！」

「ごしゅじんしゃまっ、わたくしの、ぜんぶっ、を、もらってくださいにゃあっ！」

排泄のための菊洞に、射精間際の肉槍が呑みこまれていく。

まっすぐに伸びる腸道の奥へ向け、貫くようにして繰り出されるピストン運動は、間もなく三姉妹を今日何度目かわからないオルガスムスの快楽へ誘おうとしていた。

「く……おれっ、も、そろ、そろ……うう」

ときを同じくして、清の活火山も決壊に至る。

「出るッ！」

目に見えない快楽の炎が赤々と燃え上がり、清の背筋を駆け抜けていく。

それと随伴する形で、箍《たが》が外れたペニスから大量の精液が爆ぜた。

「にゃああンっ！　ごしゅじんしゃまあッ！　いっちゃうニャアア！」

「にゃああ！　きてりゅにゃア！　ごしゅじんしゃめせいえきっ、あついいぃ！」

「にゃめれすう！　ごしゅじんさま、にゃああ！」

精液の雷雨が、子猫たちの美肌の上に降り注いでいく。

美尻の双丘は白濁液にまみれ、子猫たちの裸を汚してしまった。

「あっ、はあっ、はっ、あ……」

ようやく射精が終わり、灼熱の精液を浴びた子猫三姉妹は、喜悦に包まれた表情を揃え、静かに目を閉じるのだった。


三姉妹と清はそれから、一つのベッドに横になっていた。

「ご主人様っ！」

「大好きっ！」

「愛していますにゃっ！」

清が中央に、左右に音子と若央がしがみつくようにしてその腕を胸に抱きかかえ、御華は清の身体に馬乗りになって顔を寄せてくる。

少し狭いが——その代わりとても温かかった。

吾妹は確かに、主人のもとに集う子猫たちに違いないのだった。

4 吾輩は幸せな猫である

塩原家の猫たちが集うのはこの日、月の光に照らされた屋根の上であった。

「久しぶりに集まったにゃ」

「久しぶりニャ」

「うにャ」

そこで三匹は美しい円形をなす月の姿を並んで眺めていた。

「ところで相変わらずおさかんにゃようじゃにゃあ……」

もちろん久々だからといえ今日の話題も一つしかない。

毎夜響き渡る三姉妹の艶声に、猫たちもそろそろ辟易してしまいそうであった。

「ニャんニャんうるさくて眠れないニャ」

「昔は吾輩たちもあんにゃ感じだったかにャ」

「恥ずかしいにゃ」

そんな主人らの様子はしかし、三匹の昔を思い出させる。

猫たちもかつては色恋に情熱を傾けたものだ。

「ふふ、懐かしいニャあ……みんなで三毛夫を取り合ったときにニャ」

「あの頃は若かったにャ……」

「ところでにゃんであのご主人のご主人はモテルにゃ？　確かに目鼻立ちははっきりしてる男前にゃが……」

「兄だからじゃニャいか？　人間の通う大学で、兄と妹が特別な関係を構築するだかなんとかいう話を聞いたことがあるニャ」

「にゃんだそれ？」

「興味深いにャ」

「うおっふぉん——大学というところを見てみたくなって、ご主人のご主人にくっついていったときニャ……」


でっかい門をくぐっていったご主人のご主人は、西洋風の瀟洒な館がいくつも立ち並ぶ一角に入っていった。

後をつけていった吾輩は、部屋の様子を覗ける窓の傍に陣取った。

しばらくして男が現われた。皺だらけの背広を羽織った初老の男だった。定年も間近と見える。入るなり「神話とは——」と男は講釈を始めた。

「神話とは自らの存在を証明するために語り伝えられ、共同体内では、真実であると考えられるものである」

（へー、そうニャんだ……）

「この国には、兄と妹を世界の始まりとする神話が存在する。それを兄妹始祖神話と呼ぶ」

(ほー、そうニャんだ……)

「これは兄と妹というある種排他性を持つ間柄を祖とすることによって、独自の絶対性を獲得する」

(はー、そうニャんだ……)


「お前、わかってにゃいだろ?」

「……ニャはは」

「要するに兄妹の恋愛は神聖なものって言いたいのかニャ?」

「そうそう、多分そうニャ」

「そういえばご主人のご主人がこの前寝言で、妹と付き合ってなにが悪い! にゃんて怒ってたにャ……寝ているのに怒りだしたからびっくりしたにャっ!」

「にゃはは、ご主人のご主人は器用なことするにゃ!」

「青シャツとかいう野郎が気に食わないらしいにャ あれ? 赤だったかにャ?」

「その名前、聞いたことあるニャ……」

「寝ているのに喋り出すにゃんて、人間は忙しいにャ」

「きっと人間は忙しいのが幸せにゃんだにゃ」

「にゃら、猫でよかったにャ」

「うにゃ、吾輩は猫であるにゃ」

「ニャあお……名前も、ちゃんとつけてもらったニャ」

「吾輩は幸せだにャ……ありがたいありがたい」

星々が瞬く夜空のもと、三匹はこうして、明け方を迎えるまで語り合うのであった。

エンディング

これからもニャンニャン

夏休み初日を迎えた三姉妹と、彼女たちの兄であり、ご主人様でもある清。

子猫たちが集うリビングは、これまでと変わらず騒がしい様相を呈していた。

「お兄ちゃん、映画館行こう！」

「にーにぃ、海行きたい！」

「お兄様、わたくしの部屋で乳繰り合いませんこと？」

三者三様のプランを掲げ、清の身体を決して弱くはない力で引っ張り合う三姉妹。

「ちょ、ちょっと待ってくれって、うわっ！」

「むーっ！　離してよお」

「お姉ちゃん、こそっ！」

「お姉様っ、わたくしとお兄様に、いちゃいちゃラブラブはめはめさせてくださいっ！」

お互いに譲り合おうとするつもりはまったくないらしい。

（……全員仲良くするんじゃなかったのかよ！）

いつかの発言をそう解釈していた清は、これで平穏な日々が訪れてくれると思っていたのだが、どうやらそうもいかないらしい。

「わ、わかった、とっ、とりあえず、離してくれ――いたっ、痛いって！」

話を聞くより腕をとる方が先と言わんばかり。

少しは兄の気持ちも考えてほしいところだが、相変わらず妹たちには逆らえない。

（初日からこれじゃ、思いやられるな……）

まったく予想していなかったというわけではないが、ここまで絵に描いたような展開になるとも思っていなかったのである。

今日から始まる夏休みの間、平時に比べ、学校へ向かう機会は激減する。そのたびごとに目の前でこんなやりとりが交わされるのかと思うと、気が滅入るのも仕方ない。

「二人とも、お兄ちゃんは一緒に映画に行くの！」

「違うよ！　にーには若央と海に行くんだよ！」

「お姉様、なにを仰るんですか？　わたくしとお兄様が今日家で濃厚なエッチに励むという予定は、すでにマヤ暦に記載されているほどの決定事項です」

音子は直前に行われた期末テストで見事全教科満点を叩き出し、早々と学年一位に返り咲いている。清だけでなく職員室全体がこの結果には一安心だったし、それに負けじと本来の成績を取り戻した御華も、今回は五科目すべてで学年三位以内という好成績を収めていた。

そしてようやく不調から脱した若央も、先日自己ベストを更新。東京都の高校生記録を樹立したのだ。

したがって三姉妹は遠慮なく、清との時間を満喫するつもりのようであった。

清としてはせっかくの休みくらいのんびり寝ていたいのだが——この様子ではそうもいかないらしい。

（はあ……でも、退屈はしないかな）

妹たちに振り回されている生活も、悪くない——そう思える。

こうして傍で妹たちと笑っていられる時間は、清にとってなにものにも代えがたい。

結局どこへいくか揉めていた争いの決着を待つためだけに午前中の予定は潰れてしまい、当初の予定にはなかったデパートへ買い物に行くという案で決着した。

夏を迎えるにあたり、三人とも水着を新調しておきたいらしいのだ。

「お兄ちゃん、今度一緒に泳ごうね」

「にーに、海に行ったらオイル背中に塗らせてあげる」

「お兄様、今晩さっそくビキニプレイはいかがですか?」

塩原家の日常は、とりあえず、こんな風に続いていくようだ。

「一段落かにゃ?」

「ニャに言ってるニャ? これからが大変ニャ」

「そうにャ、どうなることにャら……」

三姉妹がはしゃいでいる部屋の外では、夏の日差しを避けるようにして、木陰で涼む猫たちの姿があった。

終わり

美少女文庫
FRANCE SHOIN

吾妹《わがまい》は猫《ねこ》である

著者／イササナナ
挿絵／ミヤスリサ
発行所／株式会社フランス書院
〒102-0072　東京都千代田区飯田橋 3- 3 -1
電話（営業）03-5226-5744
（編集）03-5226-5741
URL http://www.bishojobunko.jp

印刷／誠宏印刷
製本／宮田製本

ISBN978-4-8296-6251-9 C0193